西方有机整体论文学批评
思想文集

李国德　著

中国海洋大学出版社
·青岛·

图书在版编目（CIP）数据

西方有机整体论文学批评思想文集／李国德著. —青
岛：中国海洋大学出版社，2021.6
ISBN 978-7-5670-2841-8

Ⅰ.①西…　Ⅱ.①李…　Ⅲ.①文学评论—西方国家—文
集　Ⅳ.①I106-53

中国版本图书馆CIP数据核字（2021）第104734号

西方有机整体论文学批评思想文集

出版发行	中国海洋大学出版社
社　　址	青岛市香港东路23号　　　邮政编码　266071
网　　址	http://pub.ouc.edu.cn
出 版 人	杨立敏
责任编辑	付绍瑜
电　　话	0532-85902533
电子信箱	184385208@qq.com
印　　制	日照日报印务中心
版　　次	2021 年 6 月第 1 版
印　　次	2021 年 6 月第 1 次印刷
成品尺寸	170 mm × 230 mm
印　　张	8.25
字　　数	107 千
印　　数	1～1100
定　　价	49.00 元
订购电话	0532-82032573（传真）

发现印装质量问题，请致电18663037500，由印刷厂负责调换。

Contents

目 录

有机整体论文学思想发展简论

优秀的文学作品应该是一个内容与形式有机融合在一起的整体，有机整体性是其基本属性。艺术作品就其形成和存在来说，都具有有机体的某种性质。这种有机整体论的文学批评思想在两千多年前就已经存在于亚里士多德的《诗学》中，经过漫长的发展终于形成一种有独特价值的艺术理论，即有机整体论。这种理论思想内涵丰富，就其存在来说，主要包括内容与形式两个因素；就其形成来说，主要表现为三个相互联系的主题，即文学作品的"浑然天成"、富有灵感的创作和"自然的天才"。

在西方古典文论史上，有机整体论主要经历了以下三个时期的发展：一是在古希腊时期、古罗马时期与中世纪，亚里士多德很重视内容与形式的有机统一，以后有机整体论主要表现在文学作品情节、结构等形式因素上，强调局部与整体、局部与局部要形成一个有机统一的整体；二是从文艺复兴时期到十八世纪，这一时期在文学上占主流的是新古典主义，由于对古典作品的崇拜和理性主义哲学的影响，有机整体论在这一时期没有平衡发展，形式因素更加得到了重视；到了十八世纪末十九世纪初的浪漫主义时期，对作家的研究获得前所未有的大发展，作家的无意识的创作天赋与植物的自然生长联系到了一起，作品被看作是有生命的、有灵魂的整体，因此作家的思想、情感等内容因素受到了重视。

古希腊时期到十八世纪主要研究和探讨有机整体的"存在"情况，十八世纪末到十九世纪初主要探讨和研究有机整体的"形成"原因。文学作品作为一个不可分割有机整体，既不是简单的相加物，也不是松散的集合体，而是一个结构完美的统一体。这一统一体的各个部分之间前后衔接，环环相扣，具有必然的内在联系，而且一切部分都从属于这个整体，整体大于部分之和。文学作品在内容和形式的关系上应该是一个有机融合的整体，形式中包含着内容，内容由形式来表现，二者是有机融为一体的，而不是各自独立的，更不是决定与被决定的关系，不应把一部文学作品分割成内容和形式两部分。就有机整体论的形成来说，一部浑然天成的作品并不是作家有意识的创作，而是作家灵魂的种子在适合的环境下一种无意识的自然生长，就像一株植物的自然生长一样。

有机整体论最早见于柏拉图的著述《斐德若》："每篇文章的结构应该像一个有生命的东西，有它特有的那种身体，有头尾，有中段，有四肢，部分和部分，部分和全体，都要各得其所，完全调和。"[①]亚里士多德批判地继承了柏拉图的这种文艺思想，并在《诗学》形成了有机整体论这一重要的批评思想，他运用这一思想对古希腊的戏剧进行了翔实的批评。他给悲剧下定义时说："悲剧是对于一个严肃、完整而有一定长度的行动的模仿，所谓完整，指事之有头，有身，有尾。"[②]第八章的最后一段说："在诗里，正如在别的模仿艺术里一样，一件作品之模仿一个对象；情节既然是行动的模仿，他所模仿的就只限于一个完整的行动，里面的事件要有紧密的组织；任何一部分一经挪动或删除，就会使整体松动脱节。要是某一部分可有可无，并不因其显著的差异，那就不是整体中的有机部分。"[③]亚里

① 柏拉图.柏拉图全集［M］.王晓朝，译.北京：人民出版社，2003：183.

② 亚里士多德.诗学［M］.罗念生，译.北京：人民文学出版社，1962：25.

③ 亚里士多德.诗学［M］.罗念生，译.北京：人民文学出版社，1962：28.

士多德还认为如何安排情节是悲剧艺术中的第一事，而且是最重要的事，情节是悲剧的灵魂。可见亚里士多德很重视文章的结构布局，认为好的文章结构就像一个完整的生物体，这当然是从生物学引进的观念，用此来类比文学作品结构的完整别开生面，但是很恰当的。虽然亚里士多德没有直接提出内容与形式关系的具体看法，但他的悲剧成分构成内涵中显然已经包含了内容与形式相统一的要求。这种丰富的有机整体论思想成为亚里士多德评价文学的标准尺度，也一直影响了西方文学两千多年。

《诗学》在亚里士多德之后几经周转，在文艺复兴时期的意大利得以重新阐发。由于在地窖中度过了一百多年，其虫蚀和损坏很多，并不能保持原书面貌，只能根据大意补译完整，当时还出现了许多译本并形成了不同的流派。后来《诗学》在欧洲流行开来，尤其在法国，出现了一股模仿古希腊、古罗马文学的潮流，即新古典主义，但是由于机械地坚持古人的理论，新古典主义终于不免走向僵化，如"三一律"。文艺复兴时期的意大利戏剧理论家卡斯特尔维屈罗误解了亚里士多德对戏剧演出时间的要求，转而视为对剧情的要求，进而提出了"时间整一""地点整一"与"情节整一"的"三一律"。新古典主义继承了卡斯特尔维屈罗的观点，这在当时虽然有一定的积极作用，但也严重束缚了戏剧文学的发展。

新古典主义对文学作品一般满足于内容和形式的二分论，即对文学作品进行了二元解剖，而不是将其视为"浑然天成"的整体。这种新古典主义的观点在欧洲许多国家极受尊崇，成为文学创作的教条和批评的导向。直到十八世纪末十九世纪初浪漫主义的兴起，新古典主义的机械论思想才被打破一统天下的局面，受到浪漫主义的有机论的清算，也在这时，亚里士多德的有机整体论思想才得到进一步的发展，恢复了理论的生机。

十八世纪末十九世纪初，浪漫主义文学思潮涌起，有机整体论也获得了前所未有的大发展，这一时期主要讨论有机整体论的形成问题，内容因素也重新受到重视。

在德国，十八世纪的一批重要的古典美学家和哲学家为有机整体论的发展做出了重要的贡献。康德对创造性天才和生命形式问题的讨论启发了后来许多批评家对有机整体论的思考。赫尔德是有机整体论生物学新时代的旗手，为歌德和黑格尔的有机整体论做了铺垫。歌德就经常用"有生命的""显出特征的""健全的"和"完整的"等带有生物学含义的词来强调艺术的有机整体性，还强调整体就是统一体，是理性与感性的统一，主观与客观的统一，自然性与社会性的统一，艺术与自然的统一，当然也是内容和形式的有机统一，而且把美摆在内容与形式相结合的整体中。歌德很看重形式，但形式不是抽象的、独立的，而是要"生气贯注的""显出特征的"，也就是与内容融成一片的，使内容和形式有机的融合为一个有机整体。歌德的有机整体论思想实际上是亚里士多德后的真正的继承与发展。黑格尔作为哲学家与美学家，深刻地总结了赫尔德、歌德和施雷格尔等人的观点，主张"美是理念的感性显现"。黑格尔强调没有无形式的内容，一如没有形式的质料，内容之所以为内容，即由于它包含成熟的形式在内，他既强调了内容与形式互为存在的前提——文学作品就是具有形式的内容，又强调了内容决定形式。

在浪漫主义时期的英国，柯勒律治把德国的有机整体论思想引进英国，他把有机整体论与想象理论结合到一起，创立了一种想象的有机整体论，从创作心理学的角度，更加突出了一部文学作品的有机整体性的形成要归功于"想象"的神奇的综合能力，找到有机整体的形成内在原因。柯勒律治更强调"想像"是诗的灵魂并贯穿于诗这个有机整体中，他解决了有机整体构成的缘由，把有机整体论向前推进了一大步。

总之，在浪漫主义时代，有机整体论得到了更进一步发展，并成为了一种很重要的文学批评理论。作为一种文学批评理论，它既有独特之处，也有不足之处。浪漫主义批评家们着重于从作家的角度去理解文学作品，把对作家的研究等同于对作品的研究，而对文学作品的分析显得不够具体与深刻。

纵观有机整体论思想在西方古典文论中的发展历程，我们可以看出，这种思想一直影响着西方古典文学的发展，直到今天，还有许多学者仍在探讨和研究，在现代与后现代的批评理论中仍可找到它的身影。

然而，有机整体论的发展也不是一帆风顺的，曾经受到人们的怀疑和冷落。例如，俄国形式主义者很早就怀疑有机整体性观念是一种文学的保守主义。马雅可夫斯基就认为，过分重视整体和有机性观念，是旧的象征主义理论，它意味着把读者的功能缩减成被动的、感受性的。这和后来的布莱希特的看法相同。二十世纪三十年代，布莱希特与卢卡奇争论时就认为，把文学看作一个整体，那就是虚假的，因为"整体性"妨碍读者认识客观世界的缺陷和社会的不合理。现代语言学研究发展转向后，解构主义开始解构社会，两千年的传统的形而上学大厦即将倒塌，文学也不会避免。有机整体论的思想受到极大的挑战，以后还会不会有人继续研究有机整体论呢？在当今百家争鸣的后现代文学批评理论中，有机整体论还没有形成系统的理论体系，国内外还没有人对此进行专门研究。究其原因，人们只是把它作为一种潜在的正确观念来使用，早已把它当成一种文学的必然，就像一把无形的指挥棒，引导文学的发展。为了使有机整体论思想得到进一步的发展，本书对西方文学批评史上的有机整体论思想进行了归纳与整理，同时对不同时期的批评家的有机整体论进行了比较，整理出从亚里士多德以来的有机整体论发展脉络。希望能对我国有机整体论的研究尽绵薄之力。

古希腊时期、古罗马时期到中世纪

这一时期的文学有机整体论主要是指古希腊的亚里士多德、古罗马的贺拉斯和朗吉努斯以及中世纪的普罗提诺等人关于有机整体论的艺术思想。他们虽然从各自的角度出发，但有共同特点，那就是注重文学作品的"浑然天成"，即文学作品的结构布局整一；注重作品的整体完整，要求作品要形成一个有机整体，像一个活的生物一样完美。亚里士多德是古希腊时期有机整体论思想的集大成者，在《诗学》中，他从生物学的角度出发提出戏剧的情节结构要有机地融合成一个整体，这个整体要有头、有尾、有身，对以后的文学批评产生了相当大的影响。贺拉斯虽然没有使用"有机整体"这样的词，但从他的《诗艺》的"合式"原则中也可以看出有机整体论的思想，以至于被后人看作后世文学的立法者。朗吉努斯的《论崇高》也体现了有机整体论思想，认为"掌握伟大思想的能力""强烈深厚的热情""修辞格的妥当运用""高尚的文辞"和把前四种风格结合起来的"高超庄严的布局"是构成文章崇高的五种要素。"高超庄严的布局"显然是强调作品的结构，这从修辞学的角度体现了有机整体论思想。中世纪时期的普罗提诺等人认为，物体的美表现在其整一性上；神或是理念就是真善美的统一；物体之所以整一，是理念或神的作用。这是从唯心主义角度探讨文学作品有机构成的原因。

1.1 亚里士多德的有机整体论

亚里士多德是古希腊著名的哲学家、生物学家、西方文艺理论的真正奠基人，也是有机整体论的创始人，他的《诗学》中含有丰富且深刻的有机整体思想。这种有机整体论思想的产生是有一定原因的。一是生物学对亚里士多德的启迪。众所周知，亚里士多德是自然科学家，对生物学的研究启发了他对文学的思考，他把一部成功的悲剧作品比作一个完美的活的生物。这个隐喻可以说是亚里士多德文学批评理论的基石。二是继承了他的老师柏拉图的有关思想，柏拉图在《斐德若》这篇对话录中借苏格拉底的话说："每篇文章的结构应该像一个有生命的东西，有它特有的那种身体，有头尾，有中段，有四肢，部分和部分，部分和全体，都要各得其所，完全调和。"[①]亚里士多德批判地继承了柏拉图的文艺思想，提出了

---

① 柏拉图.柏拉图全集［M］.王晓朝，译.北京：人民出版社，2003：183.

文学作品不仅应该整体像活的生物，其内部组织也应当是一个完整的统一体。作为一名自然科学家和逻辑学家，他必然会从科学视角来研究文学，将文学比作生物般的有机构成品。

布鲁克斯和维姆萨特合著的《西洋文学批评史》中说亚里士多德的理论是生物的、实证的、自然的和具体的；而柏拉图的理论是数学的、超现实的、纯粹抽象的。虽然他们师徒的理论本质不同，但可以看出在有机整体论思想上他们是一脉相承的。他们都认为文学作品的结构布局就应该像一个活的生物。但不同的是，柏拉图只是做了一个形象的比喻，而亚里士多德对这个形象的比喻做了深刻细致的思考。他之所以看重有机整体论，这与他对文艺与现实关系的看法分不开。三是亚里士多德的有机整体论源自其模仿说。他认为艺术就是模仿自然，优秀的艺术品就应具有自然的有机整体性。

亚里士多德的有机整体论是在对古希腊戏剧的科学研究和认真总结的基础上形成的。其首先要求悲剧本身就是一个由六要素构成的整体，其次要求悲剧六要素中最重要的情节也应构成一个整体，再次由六要素构成的悲剧的整体要符合人们的审美习惯。究其实质，亚里士多德的有机整体论是形式与内容有机融合的整体论，强调形式要有有机整体的效果，同时必须遵守必然律和可然律，符合事物的内在逻辑。形式是内容的外化，内容是形式化的内容，内容与形式的有机融合就表现出完整的生命形式。内容与形式融合的整体就像活的生物一样完美，是各个部分有机融合，融合的原则就是各个部分之间的内在必然性和可然性。

在《诗学》的第六章，亚里士多德给悲剧下定义时说："悲剧是对于一个严肃、完整、有一定长度的行动的模仿；它的媒介是语言，具有各种悦耳之音；模仿的方式是借人物动作来表达，而不是采用叙事法；借以引起怜悯与恐惧来使这种情感得到陶冶。"[①]这个悲剧艺术是一个由形象、性格、情节、言词、歌曲与思想这六个要素组成的有机整体。正如艾布拉姆

---

① 亚里士多德.诗学［M］.罗念生，译.北京：人民文学出版社，1962：19.

斯在《镜与灯》的导言中说："经过这番考虑，悲剧本身便被当成一种客体，他模仿的行动和行动者也作为情节、性格、思想而得到重新讨论，这三者加上言词、歌曲和形象，共同组成了悲剧的六要素。甚至怜悯和恐惧也重新被人视为悲剧应有的能使人愉快的特性，从而与喜剧和其他艺术样式所特有的愉快区分开来。这样，悲剧作品本身从形式上便是一个自我决定的整体，它由各个部分围绕着悲剧情节这一主导部分而组成，而悲剧情节本身又是一个由各个枝节按其内在的'必然性或可然性'的关系所组成的统一体。"[①]由此可见，不仅悲剧本身是一个由情节、性格、思想、言词、歌曲和形象等六要素组成的不同于史诗、酒神颂等其他艺术形式的有机整体，而且六要素中的情节也是由各个枝节按必然律和可然律所组成的有机统一整体。

亚里士多德强调了悲剧六要素的必然性，只有这六要素存在于悲剧中，悲剧才能成为悲剧。首先，悲剧是借人物的动作来模仿，那么形象的装饰必然是悲剧的艺术成分之一，歌曲和言词也是它的必然成分，此二者是模仿的媒介。悲剧是行动的模仿，而行动是由某些人物来表达的，这些人物必然在性格和思想方面都具有某些特点。性格是人物品质的决定因素，思想指证明论点或讲述真理，此六种悲剧构成的内涵在当时的悲剧中缺一不可。一出悲剧在艺术上的优劣即取决于此六者在悲剧中的分配、表达情况。另外，亚里士多德在《诗学》第十八章中说："歌队应作为一个演员看待：它的活动应是整体的一部分，它应帮助使人获得竞赛的胜利。"[②]诗人须使歌队的合唱与剧中情节紧密联系，他举例说，索福克勒斯的合唱歌与情节联系紧密，欧里庇德斯的合唱歌与情节的联系不甚紧密。可见，亚里士多德把悲剧看成一个完美的有机整体，他要求悲剧的各个组成部分

---

① M.H.艾布拉姆斯.镜与灯［M］.郦稚牛，张照进，童庆生，译.北京：北京大学出版社，2004：25.

② 亚里士多德.诗学［M］.罗念生，译.北京：人民文学出版社，1962：64.

必须相互紧密联系，而且必须以情节为中心。

亚里士多德论述了情节在六个要素中的中心地位。他认为："六个成分里，最重要的是情节，即事件的安排。因为悲剧模仿的不是人，而是人的行动、生活、幸福，悲剧的目的不在于模仿人的品质，而在于模仿某个行动，剧中人物的品质是由他们的性格决定的，而他们的幸与不幸，则取决于其行动。他们不是为了表现性格而行动，而是行动的时候附带表现性格。因此悲剧艺术的目的在于组织情节（亦即布局），在一切事物中，目的是最为重要的。"[1]显而易见，在这六大成分中，亚里士多德之所以重视情节而不是性格，称情节为"悲剧的灵魂"，就是因为只有情节的整一性才能充分显示行动的必然联系，保证作品的有机性。反之，如果以人物性格为纲，由于一个人往往会涉及许多的事件，就势必导致全剧的结构松散，破坏整出戏剧的有机联系的紧密性。亚里士多德认为悲剧的六个成分中最重要的就是情节，即对一个完整的行动的模仿，这是由悲剧的定义、悲剧模仿的对象、悲剧的目的、悲剧的艺术效果的因素决定的。对情节的安排显然是艺术形式方面的问题，虽然亚里士多德没有明确提出形式与内容二者的关系，但可以从中看出他对形式的重视，他甚至认为："悲剧中没有行动，则不成为悲剧，但没有性格仍然不失为悲剧。"[2]作品的情节安排，即结构布局，是构成悲剧这个有机整体的最重要因素，结构布局当然是艺术的形式问题，显然没有情节安排就不能有悲剧，由此可以认为，形式是悲剧中最重要的因素。

情节在悲剧这个有机整体构成诸要素中是最重要的成分，其他成分围绕情节形成一个有机统一的整体，同时情节内部也是一个有机统一的整体，情节也有整一性。《诗学》第八章最后一段写道："在诗里，正如在别的模仿艺术里一样，一件作品只模仿一个对象；情节既然是行动的模仿，

---

① 亚里士多德.诗学［M］.罗念生，译.北京：人民文学出版社，1962：21.

② 亚里士多德.诗学［M］.罗念生，译.北京：人民文学出版社，1962：21.

它所模仿的就只限于一个完整的行动，里面的事件要有紧密的组织，任何一部分一经挪动或删削，就会使整体松动脱节。要是某一部分可有可无，并不引起显著的差异，那就不是整体中的有机部分。"①由此可以看出，悲剧作为一个不可分割的有机整体，其情节既不是简单的事件相加物，也不是松散的集合体，而是一个布局完美的统一体。构成这一整体的各个部分之间前后衔接，环环相扣，具有必然的内在联系。

《诗学》第七章的开头写道："事件应如何安排是悲剧艺术的第一事，而且是最重要的事。"②《诗学》中用一章的篇幅来论述该如何安排情节，首先亚里士多德根据他给悲剧下的定义，对"完整"做了进一步的阐述："所谓完整，指事之有头，有身，有尾。所谓头，指事之不必然上承他事，但自然引起他事发生者；所谓尾，恰与此相反，指事之按照必然律或常规自然的上承某事者，但无他事继其后；所谓身，指事之承前启后者。所以结构完美的布局不能随便起讫，而且必须遵照此处所说的方式。"③这里亚里士多德把完整的结构布局比喻为活的动物，有头、有身、有尾，它们之间的联系完美而又自然，可以说情节的安排必须按照事情的必然律或可然律，才能把情节安排得当，恰是活的动物一样，而不是随便把材料硬拼凑在一起，见不出它们之间的这种内在必然性或可然性联系。这种情节的安排是内容在规律上的必然反应。艺术的形式并没有脱离内容而存在，形式是内容必然性或可然性的反应，形式中包含着内容，内容通过本身的形式而获得表现。情节各部分之间的关系也是按照事情的必然规律而紧密地结合在一起的，构成一个有机完美的整体。任何部分单独存在都没意义，只有构成整体才有存在的价值。另外，他认为情节有"简单的情节"与"复杂的情节"之分。他之所以特别欣赏索福克勒斯的《俄狄浦斯

---

① 亚里士多德.诗学［M］.罗念生，译.北京：人民文学出版社，1962：28.
② 亚里士多德.诗学［M］.罗念生，译.北京：人民文学出版社，1962：25.
③ 亚里士多德.诗学［M］.罗念生，译.北京：人民文学出版社，1962：25.

王》，就是因为这类包括了"发现""突转"手法的复杂的情节，能够容纳一个相当复杂的曲折而又首尾连贯的行动，其中任何一个部分改动都会起到牵一发而动全身的效果。与此相反，"穿插式"的"简单情节"之所以失败就在于"恶"，整个悲剧结构显得支离破碎。

是不是悲剧情节构成一个活的有机整体就完美了呢？亚里士多德对这个活的有机整体进行了进一步的论述，他要求这个活的有机整体必须有一定的长度，要体现出和谐美。他说："再则，一个美的物体——一个活的东西或一个有某些部分组成之物——它不但各个部分应有一定的安排，而且体积也应有一定大小；因为美要靠体积与安排，一个非常小的活的东西不能美，因为我们的观察处于不可感知的时间内，以致模糊不清；一个非常大的活的东西，也不能美，因为它不能一览而尽，看不出整一性；因此情节也须有长度，正如身体，亦即活的东西，须有长度一样，就长度而论，情节只要有条不紊，则越长越美；一般而言，长度的限制只要能容许事件相继出现，按照可然律或必然律能由逆境转入顺境，或由顺境转入逆境，就算适当了。"①亚里士多德从观众审美的角度出发，以科学的观察为基础，以大小适度的生物作喻，来确定情节的大小，就像太大或太小的东西不利于审美一样，情节也要长度适合。只要在一定的限度内，情节有条不紊，则越长越美。他所强调的"一定限度"是演出时间以太阳的一周为限，即可以在白天一整天的时间演完整部剧作，这后来被文艺复兴时期的卡斯特尔维特罗误解，导致新古典主义者对"三一律"产生误解。亚里士多德并没有把时间作为一个硬性的规定，而是主张"力图"以太阳一周为限。这也就解释了悲剧定义中"有一定长度"这个限定词。可见，文学作品要体现和谐的整体美，就必须在有机整体论的基础上才能实现，有机整体论思想是文学作品整体美的基础。

《诗学》中丰富的有机整体论思想既是当时一种文学理论的创新，又

---

① 亚里士多德.诗学［M］.罗念生，译.北京：人民文学出版社，1962：25.

是批评实践的最高峰,对以后两千多年的文学发展有着巨大的影响。它就像万丈雪山,成了无数条河流的发源地。这种思想是亚里士多德评价和理解文学的一个标准尺度,他用此思想为悲剧做出了最深刻的总结,同时对史诗与悲剧做了客观的比较,认为悲剧优越于史诗,主要是因为悲剧比史诗更容易达到它的目的。他说:"悲剧的目的是在于组织情节,在一切事物中,目的是最重要的。"①

这一思想还把悲剧作为一种具有自身价值体系的整体来看待,悲剧作品本身从形式上是一个自我决定的整体,把文学提高到同政治、哲学、历史同等地位的高度,这就批判了柏拉图仅仅从政治、道德角度来审视文学的狭隘主张。如果亚里士多德也有"理想国",那诗人应该是尊贵的人物,因为他们可以陶冶人们的情操。有机整体论中所包含的内容与形式的关系几乎成了每个时期的文学批评家都必须要讨论的话题,亚里士多德所主张的内容与形式要有机融合无疑是当时最深刻的认识。形式中包含内容,内容本身需要自己的形式,形式按照可然律或必然律来组织内部情节。朱光潜说:"从普遍性与必然性的两个概念出发,他又建立了艺术有机整体概念。事物的内在逻辑本身就要求用有机整体的形式来表现,这是内容与形式统一原则中的一个最基本意义。"②亚里士多德重视情节的安排,这也可以表明亚里士多德重视艺术形式,但这个形式是与内容有机融合的形式。重视形式意味着亚里士多德不把艺术当成伦理、道德、政治或哲学的附庸。

总之,亚里士多德是古希腊诗学中有机整体论的泰斗,后世的楷模。古罗马时期就是一个全面模仿古希腊文学的时期,贺拉斯和朗吉努斯著作中就有亚里士多德的有机整体论思想的痕迹。

---

① 亚里士多德.诗学 [M].罗念生,译.北京:人民文学出版社,1962:21.
② 朱光潜.西方美学史 [M].北京:人民文学出版社,1980:94.

1.2 贺拉斯的有机整体论

贺拉斯是继亚里士多德之后又一位著名的诗人和文艺批评家，他生活在古罗马最繁华的奥古斯都时代，后来成为宫廷诗人，是亚里士多德的忠实信徒。他的《诗艺》是欧洲古代文艺学中一个承前启后的著作，上承亚里士多德的《诗学》，下开文艺复兴时期和新古典主义时期的文艺理论，对十六世纪至十八世纪的文学创作，尤其是戏剧与诗歌，具有深远的影响。《诗艺》是一封贺拉斯晚年写给罗马贵族的诗体书信，而不是系统的理论著作，体现了他的文艺思想，其中也含有丰富的有机整体论思想，"合式"与"合情合理"从形式与内容统一的角度论证了文学要成为一个整体。他总结说："总之，不论做什么，至少要做到统一、一致。"可见，"统一""一致"是贺拉斯文学理论的思想基础。

贺拉斯以立法者的身份为古罗马文学制定了一整套创作规则，这些规则合起来称为"合式"。"合式"是贺拉斯对古希腊文学作品的一个继承和总结，也是古典罗马文学作品所应必备的品质。它的理论基础是柏拉图的有机统一说与亚里士多德的悲剧艺术有机整体论。它的社会根源是罗马贵族生活与意志、贵族审美理想情趣的体现，内涵主要指艺术上协调一致、恰当得体、恰到好处，使人感到合情合理，符合艺术原则。这种"合式"是"符合"作品"形式"，要求形式与形式之间要调和相配，不能把有对立因素的形式统一在一个整体内，这是对亚里士多德的有机整体论中形式与内容有机统一的继承。这"合式"原则是他为艺术创作从内容到形式确立的具体法则。

首先，"合式"这个概念要求文艺作品首尾贯通一致，在形式技巧、整体效果上一致，让作品成为有机整体，并产生良好的整体效果。《诗艺》开篇就用了一个譬喻："如果一个画家作了这样一幅画：上面是个美女的头像，四肢是由各种动物的肢体拼凑起来的，覆盖着各种颜色的羽毛，下面长着一条又黑又丑的鱼尾巴。朋友们，如果你看到这样一幅画，能不捧腹大笑吗？皮索啊，请你相信我，有的书就像这种画，书中的形象就如病人的梦魇，是胡乱构成的，头和脚可以属于不同的族类。画家和诗人一向都有大胆创造的权利，不错，我知道我们诗人要求有这种权利，同时也给予别人这种权利，但是不能因此就允许把野性与驯服结合起来，把蟒蛇与飞鸟、羔羊与猛虎交配在一起。"①贺拉斯用一幅画来作比喻，说明文学作品的具体内容（各个组成部分）应该首尾贯通一致，而不应像这幅画一样胡乱构成的。在谋篇布局上，贺拉斯崇拜荷马："他总是尽快地揭示结局，使观众及早听到故事的紧要关头，好像观众已经熟悉故事那样；凡是他认为不能经他渲染而增光的一切，他都要放弃；他的虚构非常巧妙，虚实参差毫无破绽，因此开端和中间，中间和结尾不相矛盾。"②他主张在形式技巧上要一致。贺拉斯在《诗艺》第二段指出："在描写的时候，写狄安娜的林泉、神坛，或写溪流在美好的田野蜿蜒回荡，或写莱茵河，或写彩虹，开始很庄严，给人以很大的希望，但是这里总会出现一两句绚烂的辞藻，和左右相比太五彩缤纷了，摆在这里不得其所。也许你会画柏树吧，但是人家出钱让你画一个人从一队船只的残骸中绝望地泅水逃生的图画，那你会画柏树又有什么用呢？开始的时候想制作酒瓮，可是为什么旋车一转动，却制出一个水罐呢？总之，不论做什么，至少要做到统一、一致。"③因此不论做什么，形式技巧上首先要保持一致，只有这样才能体现出作品的整体效果。接着在《诗艺》第五段中，贺拉斯讲述了艾米留斯学校附近的工匠们把铜像的指甲、卷毛雕刻得细微毕肖，但总是因为整体效果不佳，所以他自己如果创作的话，绝不模仿这些人："我不愿我的鼻子是歪的，纵然我的黑眸乌发受到赞赏。"④说明了虽然个别局部精致、惟妙惟肖很重要，但整体上如果不能有机统一也是不完美的道理。可见贺拉斯还是把作品在

---

① 贺拉斯.诗艺［M］.杨周翰，译.北京：人民文学出版社，1980：137.

② 贺拉斯.诗艺［M］.杨周翰，译.北京：人民文学出版社，1980：145.

③ 贺拉斯.诗艺［M］.杨周翰，译.北京：人民文学出版社，1980：137.

④ 贺拉斯.诗艺［M］.杨周翰，译.北京：人民文学出版社，1980：139.

形式上构成整体的要求放在了首要的位置，成为"合式"原则的前提和基础，其他的原则都是在这个基础上进行讨论的，这个有机整体的要求与亚里士多德的有机整体论是一脉相承的。但亚里士多德主要是从戏剧的内在逻辑内容和形式结构来说的，而贺拉斯却只把形式这个范围扩大到人物、布局和风格自身的首尾一致，文学体裁、风格与所要处理的材料之间的相互配合，这更加注重了对形式的要求。

其次，"合式"原则还体现在要求人物性格前后要一致，合乎类型，合乎特征。就人物描写而言，贺拉斯强调必须遵循古人的传统写法，如果独创，务必使人物性格前后一致。他指出："如果你把前人没有用过的题材搬上舞台，敢于创新人物，就必须使他在收场时和出场时一样，前后完全一致。"①描写阿喀琉斯就写他的急躁、暴戾、无情、刻薄，如何拒绝法律的约束，处处诉诸武力；描写美狄亚就要写她的凶狠、强悍；写伊诺就要写她的哭哭啼啼；写伊克西翁就要写他的不守信义；写伊娥，就要写她的流浪；写俄瑞斯特斯，就要写他的悲哀。②要注意不同年龄的人有不同的性格特征，孩子贪玩，情绪变化无常；少年欲望无穷，却又喜新厌旧；成人一心追求金钱和朋友，野心勃勃却又患得患失；老年人常常固执己见，贪财吝啬，期盼长生不老，感叹今不如昔。因此，我们不要把儿童性格写成成人性格，不要把青年性格写成老年性格，我们必须永远坚定不移地把年龄和性格特点结合起来。不同人物必须保持他们典型的言谈举止，他们的谈吐必须符合他们各自的命运。另外，如你创造人物，必须注意首尾一致，不能自相矛盾。人物性格要切合其年龄特点，符合该年龄的人所常有的一般特征。人物的语言、台词要切合身份，要合乎民族、地域、职业特点。即使创造新的人物，也必须要注意从头到尾一致，不可自相矛盾。贺拉斯把整体从结构布局推广到人物性格方面，然而这种推广受到了质疑，人物

---

① 贺拉斯.诗艺［M］.杨周翰，译.北京：人民文学出版社，1980：143.

② 贺拉斯.诗艺［M］.杨周翰，译.北京：人民文学出版社，1980：143.

的性格是否应该一成不变呢？朱光潜说："这话说得很含混，如果指人物不能有发展和变化，那就是不正确的；如果指人物的发展要依内在的必然性，那就当然是正确的。"[1]

再次，贺拉斯还要求作品的风格前后一致，切不可在庄严的诗篇中冒出一两句为追求华丽辞藻而与上下文不相协调的"大红补丁"来。无论你如何喜爱，无论辞藻多么美妙，也必须去掉。写作要有条理，只说此时此地应该说的话，把其余的话暂时搁下不说。他认为叙述要切合题材，不同的诗体有不同的叙述与表达。喜剧的主题不能用悲剧的诗行来表达，悲剧的题材也不能用日常适合于喜剧的诗格来表达。忧愁的面容要用悲哀的词句配合，盛怒要配恐吓的词句。作品只有风格上前后一致，才能成为一个内容与形式融合的有机整体。

一部作品不仅要符合"合式"原则，还要"合情合理"。贺拉斯认为，要写作成功，判断力是开端和源泉。这种判断力是指艺术家的思辨能力，也就是艺术家正确判断应该写什么和怎样写的能力，来自思想、道德和知识。"如果一个人懂得他对于他的祖国和朋友的责任是什么，懂得怎样去爱父兄、爱宾客，懂得元老和法官的职务是什么，派往战场的将领的作用是什么，那么他一定懂得怎样把这些人物写得合情合理。"[2]这里所说的"合情合理"指合奴隶主阶级的情理，有一定的阶级局限性，但它的价值在于进一步阐发了文艺创作活动是一种理性活动，和作家的思想深度、道德倾向、知识和经验有十分重要的关系。这启发了后人认识艺术判断力的特点，是一种综合的包括认识判断、道德判断、审美判断的判断力，是一种对具体事物的感受、比较、鉴别的能力，揭示了创作主体的重要作用。"要写作成功，判断力是开端和源泉"[3]这句话成为十七世纪法国新古典主义的

---

① 朱光潜.西方美学史［M］.北京：人民文学出版社，1980：105.

② 贺拉斯.诗艺［M］.杨周翰，译.北京：人民文学出版社，1980：154.

③ 贺拉斯.诗艺［M］.杨周翰，译.北京：人民文学出版社，1980：154.

信条。但他们要求以封建理性判断代替作家的个人判断，使新古典主义趋向僵化。贺拉斯要求作品要有高贵的内容与优雅的形式。他的"合式"原则要求符合奴隶主贵族心态和艺术趣味，而不是符合"没有教养的庄稼汉的嗜好"，因此要求文艺必须是高贵和优雅的。他认为，高贵的文艺必须表现高贵的人的伟大事业，这要求文艺表现古代和现代的高贵的奴隶主英雄的业绩道德，在艺术形式上则要在情节的条理和安排上下功夫，特别是在语言运用上分清什么是粗鄙，什么是优雅，运用"合式"的韵律写成新颖的作品。他对高贵性的要求被新古典主义发展，对文艺雅与俗的划分思想产生了重要的影响。

总之，贺拉斯的"合式"与"合情合理"就是"内容与形式"统一论的最早源头，标志着现代美学和文艺理论中与"内容"相对应的"形式"概念最早之滥觞。他认为，诗要写得好，首先要知道什么是应该写的和可以写的，什么是不应该和不可以的，这就是"合理"。所谓"合式"，又是"得体""妥帖""妥善性""工稳""适宜""恰当""恰到好处"等，是贺拉斯对艺术形式的要求，体现了古典文学典雅方正的艺术原则，诸如语言要切合身份，性格要切合年龄，人物要切合传统。

1.3 朗吉努斯的有机整体论

《论崇高》是一封写给一位罗马贵族的信，据说是朗吉努斯所作，比贺拉斯的《诗艺》稍晚一些，是继《诗艺》后古罗马最著名的理论著作。其中明确地提出古希腊文化的最重要精神是"崇高"，主张向古典文化的"崇高"学习，可见朗吉努斯也是一位古典主义者。他提倡一方面学习古人崇高人格，另一方面学习作品的崇高风格，抵制病态风格，这主要是反对当时罗马社会后期重形式而轻内容的浮艳夸张的社会风气和文学风格。虽然《论崇高》与贺拉斯的《诗艺》仅相距一百年，但与贺拉斯所生活的奥古斯都时期的文学之风大为不同，贺拉斯所处的时代是奥古斯都的盛世，当时的文学不乏爱国和道德庄严的主题，维吉尔的史诗《埃涅阿斯纪》就是典型的例子。透过《论崇高》，我们可以看出朗吉努斯写这封信的宗旨：热切召唤崇高、庄严的风格，召唤伟大的、震撼人心的作品。

在许多方面，朗吉努斯继承了古典主义的传统，如古典与典范的作用，自然与艺术的关系，创造与虚构的关系，理智与判断力的重要性，有机整体论思想。有些古典主义的基本信条在朗吉努斯的手下得到进一步的明确化和强化。在对"古典"作品的看法上，朗吉努斯是第一个明确提出这个标准的人，他说："一篇作品只有在能博得一切时代中一切人的喜爱时，才算得上是真正的崇高。如果职业、生活习惯、理想和年龄各方面都不相同的人们对于一部作品都异口同声地说好，许多不同人的意见一致，就有力地证明他们所赞赏的那篇作品确实是好的。"[1]严肃的题材、深刻的思想感情、崇高的风格三者必须统一起来，在朗吉努斯的笔下，这个古典主义的基本信条得到了强化。

《论崇高》指出崇高的风格内涵极为丰富，包括伟大、雄伟、雄浑、壮丽、庄严、高远、高雅、遒劲、天才等。崇高的文学风格有五种来源，即"掌握伟大思想的能力""强烈深厚的热情""修辞格的妥当运用""高尚的文辞"和"把前四种联系成为整体的庄严而生动的布局"。前两种因素靠自然或天资，后三种要靠艺术或人力。可见，朗吉努斯所谓的"崇高"并不是一个单纯的艺术形式问题，而是涉及丰富的精神内容。他说："崇高的风格是一颗伟大心灵的回声。"[2]由此可见，朗吉努斯把崇高的风格等同于作者的思想感情，崇高的风格此时是包含着内容方面的成分了。

崇高风格的五个构成因素中，伟大的思想是最重要的源泉，因为崇高的言谈来自深刻、严肃的思想。伟大的思想是作品最核心的内容，可见朗吉努斯对内容的重视。这无疑证实了朗吉努斯写作《论崇高》之宗旨。朗

---

① 朱光潜.西方美学史·上卷［M］.北京：人民文学出版社，1980：110.

② 杨冬.西方文学批评史［M］.长春：吉林教育出版社，1998：58.

吉努斯还把情感作为重要的构成因素提出来，他指出情感与崇高不是一回事，但情感有助于崇高风格的形成。"只要用得其所，没有任何语调能像真挚的感情那样高尚；当它以一阵狂热的激情喷涌而出，仿佛能使演说者的词语充满迷乱。"①修辞格、措辞和布局的正确使用也必须服从感情的调遣。朗吉努斯把庄严和高雅的结构看作崇高风格的最终决定因素。前四种因素只有在高超庄严布局的有机统一下才能形成一个有机整体，才能形成崇高的风格。有机整体是他对作品结构的基本要求，是形成崇高风格的基本要求，他的有机整体论包含着丰富的内容。他把有机整体比喻成圆满的环。他说："正如在人体，没有一个部分可以离开其他部分而独有其价值。但是所有部分彼此配合则构成了一个尽美尽善的有机体；同样，假如雄伟的成分彼此分离，各散东西，崇高感也就烟消云散；但假如他们结合成一体，而且以调和的音律予以约束，这样形成了一个圆满的环，便产生美妙的声音。在这圆满的句子中，雄浑感几乎全靠许多部分的贡献。"②也就是说，结构的作用在于把各种分散的崇高因素，结合成为尽善尽美的有机整体，形成一个"圆满的环"，产生出一种崇高感，从而支配读者的心灵。可以说在结构布局上，朗吉努斯继承了亚里士多德和贺拉斯在结构方面的有机整体论。

朗吉努斯不仅继承了有机整体论思想，而且为有机整体论注入了典型化的含义，这为有机整体论思想注入了新的内容。在《论崇高》的第十章中，他认为题材的选择和组织也是使文章风格显得崇高的本质因素，他说："在一切事物里总有某些成分是它本质所构成的，所以在我们看来，崇高的原因之一在于能够选择最适当的本质成分，而使之组成一个有机整体。能吸引读者的原因，一方面是题材的选择，另一方面是选材的组织。"③亚里士多

---

① 杨冬.西方文学批评史［M］.长春：吉林教育出版社，1998：59.

② 章安祺.缪灵珠美学译文集［M］.北京：中国人民大学出版社，1987：129.

③ 章安祺.缪灵珠美学译文集［M］.北京：中国人民大学出版社，1987：92.

德的有机整体论强调情节的组织必须完整，要像一个活的生物那样完美。朗吉努斯强调组织结构的同时，加上了题材的选择，伟大的诗人总是选择最能打动人的事件，使之组成一个完美的整体。他举了萨福描写恋爱狂的痛苦，从灵魂、肉体、听觉、视觉、舌头、脸色各个角度，选择和组织了钟情男女都会有的那些最主要和最动人的本质特征，使之浑然一体，这就赋予了有机整体论以典型化的含义。他还举了荷马描写暴风巨浪时，选择它能带来的最惊险的情景等例子来说明自己的观点。我们不妨说，这些作家选择要点时必权其轻重，轻轻一笔便澄清了境界，并且使这些要点彼此结合，而绝不容有浅薄的、拙劣的、炫才的败笔混杂与其中，因为这些败笔，如同缝隙和孔洞，必定破坏了整体，破坏了那有条不紊建成的如同一间毫无破绽的大厦似的雄浑意境。

在这一章的论述里，朗吉努斯似乎是在讨论题材，即形式方面的东西，但他主要论述的还是崇高的思想来源，他认为崇高的风格是一颗伟大心灵的回声。雄伟的风格乃是重大思想的自然结果，崇高的谈吐往往出自胸襟旷达、志气远大的人，即崇高的风格首先在于作者的崇高伟大的思想。那么，其次崇高的风格的下一个来源就是题材的选择和组织。一部作品的五种崇高构成因素中，庄严的思想和慷慨激昂的热情是文章内容方面的，而辞格、措辞和结构则属形式方面的，所以"崇高"在朗吉努斯看来是由崇高的内容和崇高的形式共同组成的有机整体，二者是不可偏废的。但内容和形式相比，朗吉努斯更注重内容方面，他在论述艺术价值时说："我们要看一看，某些篇章是否徒有堂皇的外表，端赖添上一些雕琢的藻饰，但一经细听，就发现它内容空洞，倒值得鄙视，不值得赞美。"[①]如果能使人心胸豁达，意志昂扬，这要归功于内容。如果过后不能留一点思想，不值得低徊回味，那就是内容空洞的原因。由此看来，朗吉努斯认为作品的内容是作品的灵魂，是作品价值的决定因素，这与他所批判的形式

---

① 章安祺.缪灵珠美学译文集［M］.北京：中国人民大学出版社，1987：99.

之风的宗旨是分不开的。

1.4 普罗提诺和中世纪的有机整体论

普罗提诺是罗马帝国后期的思想家、美学家，新柏拉图主义的创始人，宗教神秘主义美学的始祖。他的文艺思想主要体现在《论美》和《论理性美》两篇美学专章中。他的美学思想主要来源于古希腊的柏拉图的"理式"哲学和当时盛行的宗教神秘主义，这就使他的思想带有明显的重天国轻实事、重灵魂轻肉体、重精神轻物质、重理性轻感性的倾向。因此，他的文学理论含有宗教色彩。他改造了柏拉图的理念说，否定了柏拉图的"艺术和真理隔着三层"的看法，一反柏拉图、亚里士多德的"模仿说"，创立了"流溢说"。可以说，普罗提诺不是亚里士多德的有机整体论的继承人，甚至是一位对有机整体论的批判者。他的价值在于又开创了一种新的对西方文学产生极大影响的文学理论——新柏拉图主义，这种理论虽然没有直接继承有机整体论，但提及了有机整体论的构成这样的一个重要问题，即有机整体的形成是"理式"的流溢和对作家心灵"内模式"的模仿。

在美学的层面上，他与有机整体论者一样，认为物体的美表现在它的整一性上，不过这种整一性不是由于物体的对称，而是由于"分享"了"理式"。这个"理式"与柏拉图的"理式"不同，普罗提诺把柏拉图的"理式"看作神或"太一"，它是宇宙一切之源，本身是纯粹精神，也是最高的真善美三位一体。神创造世界，就好像是太阳，把它的光"放射"出来，放射越远，光就越弱，神最早放射出来的是只有理智才能达到的"理"，此时"理"相当于柏拉图的"理式"；接着放射出世界心灵，世界心灵又放射出个别心灵；最后才遇到物质障碍，个别的灵魂便与肉体结合起来。这是一个由高级到低级的过程，整一性就在这个过程中产生。普罗提诺认为理念本身就是整一的，当理念结合到一件东西上面，就把那件东西各部分加以组织安排，化为一种凝聚的整体，在这过程中就创造出整一性。受到理式灌注的事物，不但全体美，各部分也美。

普罗提诺说："那么，此岸的美与彼岸的美有什么相似？因为如果相似，就是相似罢了。为什么两者都是美呢？我们说，这是因为它们分享了理念。因为凡是无形式而本该取得一种形式或理念的东西，在没有分享理性或理念之时，还是丑的，与神圣理性不相容的，而这就是绝对的丑。此外，凡是未由一种形式或理性统辖着的东西，因为它的物质尚未完全按照理念而形成，它也是丑的。于是，理念到来了，把一件由许多部分组成的东西加以组织安排，使之成为一个统一体，创造了一个和谐统一的东西。因为理念本身就是统一的，而那因理念而取得形式的东西，在杂多所能够成为统一的范围内，也应该是统一的。所以一旦结合为整一体，美就安坐在它上面，使得它的各个部分和全体都美。但是，当理念落到一个统一而且均匀的东西上面时，它就以美授给了整体。这仿佛是大自然独运匠心，把美有时授予整个大厦和它的部分，有时却授予了一块砖石。由此可见，物体美是因为分享一种来自神明的理性而产生的。"①亚里士多德认为，艺术要形成一个有机整体，就必须在模仿时遵循必然律和可然律，并把情节作为第一要素。普罗提诺则认为，有机整体性是源于神明的理念，是理念的放射的结果。理念是真善美的统一体，是永恒的神和万物的来源，当理念辐射到物质，这个物质就分享了理念，表现为完美整一。没有理念的灌注东西是丑的。因此在美学的层面上，普罗提诺与有机整体论思想并无二致，美表现在整体统一的结构上。不过上升到哲学的层面，就与有机整体论有着本质的区别了，显然这是一种客观唯心主义观点、神秘主义的观点，但它为探索艺术有机整体的形成开创了道路，同时也为有机整体论注入了宗教神秘的色彩。

艺术之所以能形成有机整体，普罗提诺认为，最根本的原因是理式的灌注。理式灌注作家的个别心灵，又因为作家的心灵一旦经过净化就变成

---

① 朱光潜.西方美学史［M］.北京：人民文学出版社，1980：118.

一种理念或理性，是一种完全属于神明的东西，所以应该是整一的，这就形成了内在模式，艺术就是对作家内在模式的模仿。他指出："不应当以艺术创造只是模仿自然对象为理由来贬低艺术。首先，因为这些自然对象本身也是模仿；其次，我们应当知道，艺术创造并不只是可见事物的单纯复制，它必须回到自然事物所渊源的理性原则；进一步说，许多艺术作品都是为自己所独有的；他们是美的拥有者，并且弥补自然的欠缺。因此，菲狄亚斯创造宙斯的雕像，并不是以感性事物为摹本，而是依照他所设想的宙斯出现于眼前应该是个什么样子来创造。"① 宙斯不在自然界中真实存在，而在艺术家内心中按应有的样子存在，这就是说，艺术创造并非亚里士多德的模仿外在自然，也不是模仿柏拉图所谓"影子的影子"，而是模仿艺术家心灵中所形成"内在模式"。这就清算了柏拉图和亚里士多德以来的模仿的理论，创立了新柏拉图主义文学思想，它研究作品与作家之间的关系，对文艺复兴和浪漫主义时期的文学批评产生了很大的影响，尤其是后来的有机整体论思想继承者们，如狄德罗、施莱格尔兄弟、谢林，从普罗提诺的思想中汲取了更多的营养。

总之，虽然普罗提诺从宗教神学的角度来研究文学的有机构成，但对有机整体的形成做了探讨，客观上也促进了有机整体论的进一步发展。普罗提诺的文艺思想也成为中世纪文学的主要思想来源之一。

在漫长的中世纪里，基督教神学思想统治着欧洲，而且基督教会否定一般文化教育活动，特别是文学与艺术。理由就是像柏拉图所说的那样，文艺是虚构的，是说谎，给人的不是真理；并且挑拨情欲，伤风败俗；还有就是文艺是感官的享受，所满足的还是一种肉体的要求，所以本身就是罪孽；它打动情感，妨碍基督教所要求的心地平静、凝神默想和默祷。尽管基督教会对文艺是仇视的，但它所传播的区域是古希腊、古罗马古典文化扎根很深的地方，而且也要求有一种为它所用的文艺理论与美学思

---

① 杨冬.西方文学批评史［M］.长春：吉林教育出版社，1998：69.

想来实现自己的精神统治。普罗提诺的新柏拉图主义与基督教神学思想结合形成了中世纪文艺美学的统治思想。主要代表人物有奥古斯丁和圣托马斯·亚昆那。他们从美学角度审视文学艺术作品的构成因素，从审美效果上辨析作品形式与内容的作用与意义。他们对善与美的关系、对文学艺术有机整体与真善美关系的论述，为这一理论体系增添了新的内涵。

奥古斯丁的美学思想中包含着亚里士多德的有机整体论思想，但他只涉及形式方面。他给一般美下的定义就是"整一"或"和谐"，给物体美的定义是各个部分的适当比例，再加上一种悦目的颜色。因此在美学的层面上，他与亚里士多德是一脉相承的，但在哲学基础上是大不相同的。奥古斯丁认为，无论在自然还是在艺术中，使人感到愉快的那种整一或和谐并非对象本身的一种属性，而是上帝在对象上面所打下的烙印。上帝本身就是整一，他把自己的性质印到他所创造的事物上去，使它尽量反映出他自己的整一。有限事物是可分裂的、杂多的，在努力反映上帝的整一时，就只能在杂多中见整一，这就是和谐。和谐之所以美，就是因为它代表有限事物所能达到的最接近于上帝的那种整一。但是由于与杂多混合，比起上帝的整一，它终究是不纯粹、不完善的。这种看法与柏拉图和普罗提诺的观点是相承的，只是奥古斯丁把柏拉图和普罗提诺的"理式"换成了上帝，实质上都是一种客观唯心主义。此外，奥古斯丁认为丑是形成美的一种因素，在和谐的整体中，丑的部分有助于造成和谐或美，一个人能否从差异部分的统一中见出和谐，就要看他的天资和修养如何。要有合拍的心灵，才能认识到整体的和谐；否则只见到各个孤立的不同部分，见不出整体及和谐。奥古斯丁比喻说："在我们看来，宇宙中万事万物仿佛是混乱的。这正如我们如果站在一座房子的拐角，像一座雕像一样，就看不出整个房子的美。再如，在一首诗里，一个富于生命和情感的音节也见不出全诗的美，尽管这音节有助于造成全诗的美。"[①]总之，奥古斯丁把有机整体

---

① 朱光潜.西方美学史［M］.北京：人民文学出版社，1980：130.

的形成归于真善美三位一体的神明，更加重视有机整体论的形式因素。

圣托马斯·亚昆那是基督教会公认的中世纪最伟大的一位神学家。他与奥古斯丁的观点一致，受新柏拉图主义和亚里士多德的影响。他的美学思想散见于他的《神学大全》。他认为美有三个因素。第一是完整或完美，凡是不完整的东西就是丑的；第二是适当的比例或和谐；第三是鲜明，所以着色的东西是公认为美的。三个因素中的前两个都能在亚里士多德的有机整体论中找到根源。他认为："美与善是不可分的，因为二者都以形式为基础；因此人们通常把善的东西也赞美为美的。但是美与善毕竟有区别，因为善涉及欲念，是人对它起欲念的对象，所以善是作为一种目的来看待的；所谓欲念就是迫向某目的的冲动。美却只涉及认识功能，因为凡是一眼见到就使人愉快的东西才叫美。所以美在于适当的比例。感官之所以喜爱比例适当的事物，是由于这种事物在比例适当这一点上类似感官本身。感觉是一种对应，每种认识能力也都是如此。认识必须通过吸收，而所吸收进来的是形式，所以严格地说，美属于形式因素的范畴。"[1]这段话中，他为美所下的定义是"凡是一眼见到就使人愉快的东西才叫美的"。从这定义中我们可以看出，他认为美是感官的、直接的、不假思索的，只涉及形式，不涉及内容意义方面。这种强调美的感性和直接性的观点在后来的康德和克罗齐的主观唯心主义美学里得到了进一步的发展。不仅从给美下的定义中可以看出圣托马斯的形式主义观点，从美的三个构成因素也可以看出这一点。他所指出的美的三个因素：完整、和谐与鲜明都是形式因素，所以他说美属于形式因素的范畴。中世纪的经院派学者谈到美，大半都认为美只在形式上，很少有人结合到内容意义来讨论美。圣托马斯的美学思想的构成中，有机整体论思想是其主要的成分，他继承了自古希腊以来的有机整体论思想中的形式因素，而忽视了其内容因素，成为后来形式主义美学的奠基者。

---

① 朱光潜.西方美学史［M］.北京：人民文学出版社，1980：131.

以奥古斯丁与圣托马斯·亚昆那为代表的中世纪美学思想中的有机整体论思想是以基督教的神学为基础的，它强调上帝起着统一和决定的作用，而不是事物本身所具有的属性，也不是作者的才能所使然。这种源于柏拉图的客观唯心主义思想，在古罗马后期的普罗提诺和中世纪的奥古斯丁、圣托马斯的发展后，一直是有机整体论思想中的一股潜流，虽然它与亚里士多德的生命形式的有机整体论不是建立在同一哲学基础上，但有着相同的美学形式和美学要求，那就是"整一"或"和谐"。可见，有机整体论在中世纪形式因素得到了继承和发展，并且注入了宗教的内容因素，披上了一层神秘的外衣，发展成为一种客观唯心主义思想。

文学作品的有机整体性在古希腊、古罗马与中世纪都受到极大的重视，成了文学在作品在形式方面的必然要求，给后世的文学发展带来了巨大的影响。

文艺复兴时期到十八世纪

经过漫长的中世纪，沉睡的文艺理论又焕发了生机，这要归功于意大利的文艺复兴，文艺复兴就是古希腊、古罗马文艺的再生。文艺的复兴也带来了文学理论的复兴，古希腊、古罗马时期的一批文学理论著作重新问世，并受到当时的文艺理论家的热烈讨论。随后，古典主义便在法国和英国等国家复兴，并且产生了一大批新古典主义作家和作品。在理性主义的影响下，批评家们强调在服从理性的前提下，主要从形式的角度来分析文学作品，他们认为理性是普遍的、永恒的；改变的只有形式，因此形式在新古典主义时期受到重视和研究，内容与形式的发展体现出不平衡性，因此僵化了亚里士多德以来的有机整体论思想。启蒙主义兴起后，有机整体论才开始表现出新的生机。

2.1 文艺复兴时期的有机整体论

文艺复兴时期的文学批评历来被视为承上启下的转折期，一方面继承了古希腊、古罗马的文学批评传统，成为西方近代文学批评的起点，另一方面开启了十七世纪的新古典主义批评。虽然文艺复兴时期的批评理论并没有什么大的建树，但是这一时期古希腊、古罗马的批评著作纷纷被重新发现和翻译出版，使这一时期的文学批评空前的繁荣起来。亚里士多德的《诗学》在十六世纪的意大利就有十多种意文版本和注释本，贺拉斯的《诗艺》和朗吉努斯的《论崇高》也都被译成意文，并有不计其数的关于这些古典批评著作的论著诞生，由此可见当时文艺理论的活跃程度以及亚里士多德和其他古典诗学家在当时的影响。有机整体论思想作为古典时期重要的文学思想，在这一时期得到了讨论。

文艺复兴时代的文学艺术十分重视形式技巧，这可以说是西方文艺发展史上的一个转折点。在古希腊和古罗马时期，柏拉图和亚里士多德由于轻视匠人的劳动而轻视技巧。中世纪也是如此。形式技巧本来是科学理论知识在具体实践中的运用，如果科学没有发展技巧，就很难发展。意大利绘画在文艺复兴时期达到欧洲第一次高峰，在很大程度上归功于当时科学技术的进步。其中一些艺术家同时也是科学家，达·芬奇和米开朗基罗就是突出的例子。他们认识到艺术既然是模仿自然，就要把艺术摆在自然科学的基础上。这就要求不仅对自然要有科学的认识，还要把所认识到的自然逼真再现出来，在技巧和手法上须有自然科学的理论基础。对艺术形式技巧的重视还跟当时的美学思想很有关系，这一思想认为美的高低乃至艺术的高低都要在克服技巧困难上见出，难能才算可贵。卡斯特尔维屈罗在《亚里士多德〈诗学〉阐释》里认为叙事诗的情节整一本身并非重要，但是要把情节安排到现出整一，却是件费力的事，所以能加强美感；对艺术的欣赏就是对克服了的困难的欣赏。这种对形式技巧的追求，如果不结合到内容就有发展成形式主义的危险。从毕达哥拉斯学派起，经新柏拉图主义一直到文艺复兴，西方有一股很顽强的美学思潮，即形式主义美学思潮，他们把美单方面地归因于形式因素。这也是有机整体论思想中潜在的一股思潮，这对后来的俄国的形式主义和欧美新批评派等有着巨大的影响。

卡斯特尔维屈罗被认为是这一时期为数不多的敢于标新立异之人。其一，他断然否定贺拉斯的寓教于乐说，宣称诗的唯一目的是给人以快感，颇有"为艺术而艺术"之感，这显然是受这时期的形式主义影响。其二是制定了戏剧的"三一律"，因此他往往遭到误解。事实上他更坚决主张不要模仿古人，只有经验才是探讨艺术的标准。卡斯特尔维屈罗制定"三一律"的出发点并不是出于对古典权威的崇拜，而是对舞台效果的高度重视。他认为戏剧演出的时间不能使观众不方便，为了营造舞台的真实感，剧情发生的时间就应与演出的时间保持同步。既然观众不方便挪动地方，一出戏就不应该表现几个相距遥远的地方，必须在同一地点。时间和地点的限制就决定了戏剧只能表现一个主人公的单一事件。可见，为了观众的效果和真实感，卡斯特尔维屈罗对亚里士多德的有机整体论做了主观的发挥。亚里士多德所强调的情节整一律是为了悲剧形成一个有机整体，而卡斯特尔维特罗从观众和舞台效果出发强调了时间和地点的整一，因此决定了戏剧的情节只能表现主人公的单一事件。这也说明了前文中他认为的"叙事诗的情节整一本身并非重要"的理论，重要的是在规定的时间和地点内如何把情节安排整一，因为一件艺术作品就是以其技巧来吸引观众的。由于对形式技巧因素的侧重，他没有真正理解亚里士多德的有机整体论思想，他更关心贺拉斯所高度重视的群众效果以及修辞的传统。这一误解让后来更多的人误解，严重限制了戏剧的表现范围和多样性，成为后来束缚戏剧发展的清规戒律。

总之，文艺复兴时代的批评家们并没有真正地理解亚里士多德的有机整体论，他们大多只追求形式技巧，没有把形式融合到内容方面来。

2.2 新古典主义时期的有机整体论

新古典主义在十七世纪的法国首先兴起，于三四十年代逐步形成，六七十年代进入鼎盛，八十年代末走向衰落，并在十七世纪和十八世纪在欧洲其他国家流行。"古典"就是古代文学之经典的意思，在文学艺术中，以古希腊和古罗马的文艺作品和文艺思想为典范的创作倾向和理论观点被称为"古典主义"。由于十七世纪的法国为这一思想的产生和发展提供了最为适宜的君主专制的政治背景、笛卡尔的理性主义哲学基础和法国的文艺传统，因此古典主义思想在法国达到了高度的繁荣与发展，文学史上称之为"新古典主义"。

笛卡尔是法国理性主义哲学的代表，他认为一切要凭理性去判断。这在当时对社会的进步有很大作用。他的理性主义哲学深刻地影响了法国的文学。《论巴尔扎克的书简》体现出他的有机整体论思想："这些书简里照耀着优美和文雅的光辉，就像一个十全十美的女人身上照耀着美的光辉那样，这种美不在某一特殊部分的闪烁，而在所有各部分总起来看，彼此之间有一种恰到好处的协调和适中，没有哪一部分突出到压倒其他部分，以致失去其余部分的比例，损害全体结构的完美。"①笛卡尔是从形式角度来讨论有机整体的整体美，这基本是亚里士多德以来的传统看法。同时，笛卡尔还认为思想与语言要一致，他指出文章常有的四种毛病：第一种是文辞漂亮而思想低劣；第二种是思想高超而文辞艰晦，第三种是介乎前两者之间，想要质朴说理而文辞粗糙生硬，第四种是追求纤巧，玩弄修辞格，卖弄小聪明。"明晰"就是法国新古典主义对语言的理想，只有真正做到整体与部分的和谐，语言与思想一致，才能达到"明晰"。可见，只有语言与思想一致，作品才能称之为有机整体。笛卡尔把语言纳入有机整体论之中，使有机整体论思想更加丰富，也预示了语言研究在文学研究的中的重要作用。笛卡尔的思想直接影响了新古典主义的大批评家布瓦洛。

①朱光潜.西方美学史［M］.北京：人民文学出版社，1980：185.

布瓦洛是法国著名的诗人、美学家、文艺评论家，被称为新古典主义立法者和发言人。他最重要的文艺理论专著是1674年发表的《诗的艺术》，这部作品被誉为新古典主义的法典。布瓦洛在笛卡尔的理性主义哲学基础之上，继承了古希腊、古罗马尤其是贺拉斯的理论传统，总结了法国古典主义文学的创作经验，提出了自己的理论主张，他认为"理性"是一切的准绳，也是文艺创作的根本原则。他所谓的"理性"就是"常识""天性"，是辨别是非好坏的能力，是永恒、普遍、自然的。这种能力是天赋神授的，人人均等，因此具有普遍性和永恒性，与偶然的个别的东西无关。即时无古今，地无东西，人同此心，心同此理。在布瓦洛看来，理性能使人明白事之常理，通达人之常情，作家崇尚理性就能写出合情合理的文章来。他在《诗的艺术》第一章就说："因此，首先爱理性：愿你的一切文章永远只凭着理性获得价值和光芒。"这就是说，崇尚理性是文艺创作的首要原则，理性是文艺美的唯一源泉。

布瓦洛崇尚理性的同时，主张以古希腊罗马的艺术作为典范。他认为艺术创作不在于创造出新的故事情节，而在于如何运用艺术的手法处理现成的故事情节。这就可以看出布瓦洛追求艺术形式的"完美"。在他看来，文艺的职责就在于表现，因为理性的、普遍的、合乎人情的东西都不是新鲜的，而是人人都知道或能够知道的，艺术的本领就在于把人人都知道的东西很明晰、很正确而且很美妙地表现出来。至于完美的艺术形式，具体来讲就是高雅、匀称、和谐和统一，这也是从古人那里总结出来的。布瓦洛仿效贺拉斯的《诗艺》创作了《诗的艺术》，其中很多主张都是来自亚里士多德、贺拉斯和文艺复兴时期的批评家，尤其是贺拉斯。贺拉斯的理论核心是"合式"原则，"合式"原则充分体现了有机整体论思想中形式的因素，布瓦洛也继承了这种重形式的有机整体论思想，在理性主义思想的指导下，把形式由情节结构、人物风格扩展到作品语言的领域。有机整体论在法国新古典主义时期主要表现在语言与思想的一致，情节结构符合理性的要求，严格遵守"三一律"。

法国的新古典主义者崇尚理性，把语言的"纯洁""明晰"作为符合理性的要求。因此重视形式技巧，就特别看重语言。布瓦洛认为思想是没有新鲜的，只有表现思想的语言才可以新鲜的，他在文集的序言里说："什么才是一个新的辉煌的不平凡的思想呢？这并不是人们所不曾有过的或不能有的思想，像一些无知之徒所想的，它只是人人都可以碰见的思想，不过有人首先找到方法把它表现出来罢了。一句话之所以漂亮，就在所说的东西是每个人都想过的，而所说的方式是生动的、精妙的和新颖的。"①我们可以看出布瓦洛何等重视语言技巧，他认为一个不平凡的思想其实就是一句生动、精妙和新颖的语言，这样的思想人人都想到过，只是未能完美地表达。在《诗的艺术》里他又重申："总之，没有语言，尽管有神圣的才华，无论你写什么，你还是一个坏作家。"②显然他极其重视语言技巧，这也启发了后来的新批评派等许多批评流派只重视文学中语言形式的研究，这使文学走上了形式主义的道路。

崇尚理性也意味着作家要依照理性安排作品的结构，使其部分之间和谐一致，构成一个统一的整体。布瓦洛要求作家："必须里面的一切都能够布置得宜；必须开端和结尾都能和中间相配；必须用精湛技巧求得段落的匀称，把不同的各个部分构成统一完整。"③这种前后相配、左右匀称、妥帖得宜、统一完整的特征就是结构的严整性，结构的严整性正是内容的合理性在形式上的体现。戏剧情节的安排尤其更应符合这种严整性。在情节的安排上，布瓦洛说："情节的进行、发展要受理性的指挥，绝不要冗赘的场面淹没着主要目的；要处处充满热情，并经过精细剪裁，场与场间的

---

① 朱光潜.西方美学史［M］.北京：人民文学出版社，1980：194.

② 朱光潜.西方美学史［M］.北京：人民文学出版社，1980：194.

③ 张秉真，章安祺，杨慧林.西方文艺理论史［M］.北京：中国人民大学出版社，1994：158.

联系要永远紧凑不懈。"①无论篇章结构还是情节安排，都要以理性为准则，表现出理性主义的明确性和严整性。可见在戏剧的情节与结构上，布瓦洛继承了亚里士多德的情节整一的有机整体论思想，并以理性主义为指挥，强调了通过理性而达到有机整体性，这为有机整体论思想中注入了理性的因素。

由于对古希腊、古罗马艺术的崇拜，"三一律"就是一个必须遵守的规则。布瓦洛说："剧情发生的地点也需要固定、说清。比利牛斯山那边诗匠能随随便便，一天演完的戏里可以包括许多年：在粗糙的演出里，时常有剧中英雄开场是黄口小儿，终场是白发老翁。但是我们的理性要服从它的规范，我们要艺术地布置着剧情的发展；要用一地、一天完成一个故事，从开头到结尾维持着舞台的充实。"②布瓦洛继承了文艺复兴时期的卡斯特尔维屈罗的"三一律"观点，把"三一律"当作评价戏剧的主要标准。高乃依的第一部成功的悲剧《熙德》受到法兰西学院的批评，指责它违反了古典艺术的法则，具体就指高乃依违反了"三一律"的地点整一律。艺术应当有自己的法则，但是新古典主义者把法则看作一成不变的教条时，就走向了极端，束缚了文艺的创作和发展。新古典主义时期的"三一律"就成了艺术创作的金科玉律，这源于对古典规则的盲目崇拜，导致对亚里士多德的有机整体论的误解，这样的误解使有机整体论在这一时期变成机械整体论。

亚里士多德的有机整体论主要是情节整一律，强调情节整一是为了使模仿的行动变成一个有机整体。这个有机体如同人或生物的生命一样，自然而富有活力，它主张作品结构与各部分之间的承接都如生命般自然而流畅，而不是机械的、僵硬的部件组合。布瓦洛的有机整体论思想中的

---

① 张秉真，章安祺，杨慧林.西方文艺理论史［M］.北京：中国人民大学出版社，1994：158.

② 张秉真，章安祺，杨慧林.西方文艺理论史［M］.北京：中国人民大学出版社，1994：164.

"三一律"正是在这一点上偏离了亚里士多德有机整体论的灵魂，忽视了戏剧布局的自然生命特征，要求情节不仅整一而且单一，时间和地点也必须在规定的范围内，使戏剧本身为符合严格的整一化规范而损失生命有机体的灵动和自然之美。这明显可以看出，十七世纪法国新古典主义的本质是为统治阶级的观众服务。这虽然符合了主观的目的，但在客观上失去了文学作品应有的有机整体美感。

法国的新古典主义在英国经过德莱顿、蒲柏和约翰逊等人阐发与总结，也取得了权威的地位。在英国，新古典主义就比在法国灵活得多。莎士比亚的影响以及英国传统的经验主义哲学对法国新古典主义的流入与发展起到一定的抵制作用，这样僵化的法国新古典主义规则在英国汇入了一股新鲜的血液，这也为浪漫主义文学的诞生埋下了种子。德莱顿在《论戏剧诗》中委婉地通过尼安德发表了自己的文学见解。他并不否定法国新古典主义戏剧的"合情合理"与"合式"，然而他却把模仿自然的生动性视为戏剧的第一要素，并以此作为衡量的标准，认为法国的戏剧远不如英国的戏剧："的确，法国诗歌的优美在于可使完美的事物更趋向完美，但却不能将并不完美的事物赋予完美。它们只是雕像的优美，而不是人的优美，因为缺乏诗歌的灵魂并不能使之生机盎然，而诗歌的灵魂是对人的气质和情感的模仿。"[①]可见，英国戏剧所强调的有机生动性虽然不符合法国诗艺之规则，却向颠覆新古典主义的大厦迈出了重要的一步。

撒缪尔·约翰逊是十八世纪英国新古典主义批评的集大成者，信守新古典主义的批评基本原则——模仿自然、寓教于乐、真实性和普遍性标准、理性原则。作为新古典主义批评家，他并没有完全受时代思潮的束缚，反而强调，一个诗人必须仔细认真地观察自然，直接从生活中汲取创作的素材，而不应亦步亦趋地模仿古人，对某些刻板的教条发生了怀疑，尤其是十七世纪法国新古典主义时期戏剧创作必须遵守"三一律"的规

---

① 杨冬.西方文学批评史［M］.长春：吉林教育出版社，1998：104.

则。他对莎士比亚的戏剧是否遵守"三一律"的问题上表达了自己的真知灼见。约翰逊在《〈莎士比亚戏剧集〉序言》中说："鉴于除情节一致性外，其他的一致性都无关紧要，又鉴于时间和地点的一致性显然是从错误的假设里得出的结论，它们限制了戏剧的范围，从而也就削弱了戏剧的多样性。鉴于以上事实，我认为莎士比亚不熟悉这些规则或没有遵守这些法则，并不是一件值得遗憾的事。"[1]约翰逊认为，布瓦洛制定的"三一律"是建立在一个错误的假设基础上的，即让观众把戏剧当作真实事件来相信，因此舞台效果必须放在首位。这无疑与布瓦洛重视文艺的社会功用、真善美统一的观点以及寓教于乐说等有着巨大的关系。约翰逊博士对此做出了深刻的批评，他认为："说任何扮演会被误认为就是现实事物，说任何戏剧创作会被人当作实事来相信，或在任何时候曾被任何人如此相信过一分钟一秒钟，这样的提法都是站不住脚的。"[2]对于地点整一律，约翰逊指出："认为第一点钟在亚历山大度过，第二点钟在罗马度过，这样的提法就假设了开幕时观众真正假想他们是在亚历山大，相信他们生活在安东尼和克莉奥佩特拉的时代。事实上，谁要是能够幻想这一切，也就能幻想更多的事情。"[3]诚然，观众并无任何错觉，他们始终知道舞台只不过是舞台，他们到剧院来只是为了看戏，所以舞台一会儿代表雅典，一会儿又代表西西里，这毫无可笑之处。既然地点可以幻想，时间就更不成问题。"在所有存在的事物当中，时间对于幻想是唯命是从的；幻想几年度过的和几小时度过的同样不费力气的事。"[4]可见，约翰逊分清了生活真实与艺术虚构和舞台表演的虚拟性之间的区别，把布瓦洛以来的新古典主义戏剧规则做了更正，这无疑是约翰逊博士对戏剧的一大贡献，对有机整体论的一大贡献。他把有机整体论从"三一律"的禁锢中解放出来，同时也起到了在批

---

① 杨冬.西方文学批评史［M］.长春：吉林教育出版社，1998：123.

② 杨冬.西方文学批评史［M］.长春：吉林教育出版社，1998：124.

③ 杨冬.西方文学批评史［M］.长春：吉林教育出版社，1998：124.

④ 杨冬.西方文学批评史［M］.长春：吉林教育出版社，1998：124.

评时代的承上启下的作用。

新古典主义对古希腊和古罗马的作品推崇备至，继承了亚里士多德和贺拉斯以来的有机整体论思想。真正的有机整体论思想总体没有什么进步，只是形式的因素得到发展，而内容因素受到了轻视，因为新古典主义理论大多对内容与形式的关系抱有一种牵强的看法。亚里士多德早已指出研究的途径：对艺术作品要有一个有机的概念。这是一种非常有价值的远见。他在《诗学》中指出，由若干部分组成的结构整体应当是这样的：其中任何一部分如果被替换或移动，整体就会脱节乱套。但是将艺术作品视为整体的这种真知灼见在文艺复兴时期从未引起重视。而新古典主义一般则满足于内容与形式的二分论。韦勒克在《近代文学批评史》中说："一方面接受文艺复兴以来的注重外在形式而无实际意义的形式主义，另一方面，它又无法改变脱离艺术作品本身来对题材评定等次的做法（即用规定好的道德、理性规则来评价作品。布瓦洛的《诗的艺术》无疑就是这一方面的权威。这两种教条是格格不入的，应当说他们是同一难题的两个方面。在实际的创作中，优秀的作家都有一种近乎本能的形式感，一种关于精神意向、明畅、和谐以及宛如建筑层次般的认识，这是正确理解形式主义的果实。但在批评家中，形式主义无异于把艺术作品割裂成各个范畴，几乎孤立地去看待它们："情节、人物、言辞、思想和韵律；在亚里士多德的悲剧分析中，它们形成一个有机的整体，而在形式主义批评家的分别讨论中它们变得支离破碎。注重文体技巧的细节、修辞格的分类和韵律的列表是从修辞学理论中引进来的，将形式视为装饰的看法逐渐压倒了更古老、更合乎本能的有机整体论思想。"①可见，有机整体论思想发展到十八世纪的时候，已经变得僵化和教条，就像一棵干枯的大树，失去了往昔的繁荣；或已经出现了内容与形式的发展不平衡现象，形式主义倾向十分明

---

① 雷纳·韦勒克.近代文学批评史［M］.杨自伍，译.上海：上海译文出版社，1987：25.

显，人们已经把文学作品掰开来研究了，那无疑就把文学的有机整体性破坏殆尽。有机整体论此时几乎为"三一律"所取代，"三一律"成了评价文学的唯一尺度。

十八世纪的启蒙主义思想大潮兴起后，批评家们开始颠覆新古典主义文学，这期间涌现了一大批有建树的批评家及著作。法国的狄德罗就是杰出的代表。

2.3 启蒙主义时期的有机整体论

启蒙运动是继欧洲文艺复兴运动之后，第二次反封建、反教会的全欧资产阶级文化运动，在文艺领域可以说是反对新古典主义的，是新古典主义向浪漫主义过渡的一个重要时期。在法国启蒙运动中，狄德罗是一位的重要代表人物。他在有机整体论中加入了思辨的因素。在德国，美学的创始人鲍姆嘉通批判继承了新古典主义，提出了"完善"说。

狄德罗是法国十八世纪杰出的思想家、哲学家、艺术理论家。他一生关注戏剧的改革问题。狄德罗早期的戏剧理论旨在打破新古典主义戏剧的清规戒律，后期的理论则强调艺术创造必须控制自发的情感，应该凭判断，凭思索，也凭一种"理想的范本"去创造。狄德罗在美学上的创见是提出了"美在于事物之间的关系"的命题。他把宇宙看成是有机整体，万物之间都有必然的联系和微妙的关系，这些关系构成了美的条件，因而美来自客观事物之间的关系。他认为美的关系有四种：一是个别事物本身的内部关系；二是这一事物与另一事物之间的关系；三是个体事物与整体事物之间的关系；四是事物的现象和人类意识的审美关系。他的全部文艺理论都是以这种美学思想为基础的。这可以说是与亚里士多德有机整体论思想遥相呼应，亚里士多德也认为事物之间有必然性，情节的发展要符合必然律和可然律。狄德罗也极重视戏剧中情节的处理，不过他要求情节应密切联系到情境。"情境要强有力，要使情境和人物性格发生冲突，让人物的利益互相冲突。不要让任何人物企图达到他的意图而不与他人意图发生冲突。真正的对比是人物性格和情境的对比，这就是不同利害打算之间的对比。"①由于人的出身、地位、人生观等不同，对一件事的利害计较就不同，由此而生的情境是戏剧性的情境。情境正是狄德罗所主张的严肃剧所应写的内容，由家庭关系、职业关系和敌友关系等形成的。因此他把社会内容提到首要的地位。狄德罗所谓的"对比"其实就是推动情节发展的矛盾冲突，这样把辩证的观点运用到戏剧情节的发展，可以说是一个很大的进步，已见黑格尔的"冲突说"的端倪。

狄德罗一方面要求情节有现实基础和社会内容，另一方面也强调创造性想象在情节中的作用，这也体现了他的有机整体论思想的辩证色彩。狄德罗说："布局就是按喜剧体裁的规则在剧中安排出一部足以令人惊奇的历史；悲剧家可以部分创造这部历史，喜剧家则可以全部创造这部历史。"②由此可见，狄德罗肯定了创造想象在作品形成一个有机整体中的重要作用，由于体裁不同，创造想象的作用也不尽相同。他为想象下了一个定义：从某一假定现象出发，按照它们在自然中所必有的前后顺序，把一系列的形象思索出来，这就是根据假设进行推理，也就是想象。他要求这种创造想象要显出事件之间的内在联系，与历史相比更加"逼真"，只求情理的真实，而不要求实事的真实。这番话可以看出狄德罗受了亚里士多德拿文艺作品比历史的影响。他的创造想象理论在浪漫主义时期的柯勒律治那里得到了更加充分的发展。

狄德罗为有机整体论思想中注入了辩证与想象的因素，强调了"可然律"之下作者在进行情节布局时想象力的合理性，他的"美在关系"的美学理论使得有机整体论中的内容因素受到了重视，对新古典主义的形式主义倾向做了批评，也为新古典主义过渡到浪漫主义做好了准备。

在德国的启蒙运动中，核心问题是德国的文艺借鉴法国的新古典主

---

① 朱光潜.西方美学史［M］.北京：人民文学出版社，1980：264.

② 朱光潜.西方美学史［M］.北京：人民文学出版社，1980：265.

义还是英国的经验主义，也就是文艺应当侧重"理性"还是"想象"的问题。在这场争论中，鲍姆嘉通综合了莱布尼兹和伍尔夫的理性哲学思想，开创了美学这门学科，首次提出了"美在完善说"。他认为美学的对象就是感性认识的完善，"完善"是事物的一种属性，这其中就含有丰富的有机整体论思想。"完善"是鲍姆嘉通沿用了伍尔夫的概念，具有完整无缺、寓杂多于整一、寓同于异、整体与部分相互协调之意，这与亚里士多德以来的有机整体论是一脉相承的。鲍姆嘉通为有机整体论灌注了新的内容，即把杂多的意象的明晰生动看成"完善"的一个重要组成部分。从中我们可以看出两点：一是文学作品这个有机整体的情节要复杂，与新古典主义时期的"三一律"所要求的情节单一大有不同，而是继承了亚里士多德所建议的情节要包括"发现"和"突转"的复杂情节。二是意象要明晰生动，就必须要用具体的意象来表现。鲍姆嘉通非常重视审美对象的个别性和具体形象性。他说："个别事物是完全确定的，所以个别事物的观念最能见出诗的性质。"①因此，个别事物在内容上要比普泛概念丰富得多。他认为一个观念或意象所含的内容愈丰富、愈具体，它就愈明晰，因而也就愈完善、愈美。具体形象就是达到明晰生动的手段之一。

完善要靠生动明晰，而生动明晰就要靠意象的内容丰富而具体。这种意象才是诗所要求的寓杂多于整一的和谐整体，最完满的整一须调和最丰富的杂多。与贺拉斯以来所强调的类型说和新古典主义所强调的普遍性原则相比，鲍姆嘉通所强调的个别事物的明晰生动确实是一大进步，有机整体论的内容也因此更加丰富了。

---

① 朱光潜.西方美学史［M］.北京：人民文学出版社，1980：298.

十八世纪末十九世纪初

亚里士多德的有机整体论思想在文艺复兴和新古典主义时期被歪曲和误用后，直到十八世纪末和十九世纪初浪漫主义时期，经过德国的康德、赫尔德、歌德、黑格尔和英国的柯勒律治等人发展，终于焕发了往日的生机，而且有了进一步的完善，在注重作品的结构形式的基础上发展到注重作品的形成和作家的创作心理，即由研究作品与世界的关系转到作品与作家的关系。纵观古希腊时期的有机整体论思想和新古典主义时期的有机整体论思想，它们与浪漫主义时期的有机整体论思想既有相同，又有明显的不同。前者主要是对作品的形式进行研究，尤其是情节结构。亚里士多德的情节整一说可以看作有机整体论思想的渊源，贺拉斯和朗吉努斯也是强调文学艺术的结构。这主要是从作品和读者的角度去分析的。浪漫主义时期的有机整体论思想则是侧重从作家的角度进行研究，把天才作家比喻为一株不知不觉生长的植物，作家的创造性想象成为有机整体形成的最重要因素。由对有机整体存在的研究转为对有机整体形成的研究，一方面是时代进步使然，是近代资产阶级思想在文学方面的表现，要求表现个人才能，所以作家在这一时期得到了前所未有的重视和研究。另一方面是自然科学的进步与发展，尤其是生物学与心理学的发展，为人们解释文学提供了方法和角度。

3.1 康德的有机整体论

康德是德国古典主义哲学的奠基者，唯心主义哲学家、美学家。在康德的美学思想中就有关于有机整体论思想的因素的讨论，一是天才创造性问题，二是关于生命形式论的讨论。这些问题的讨论启发了许多后来者对有机整体论的发挥。歌德认为康德把诗歌问题与生物问题合到一起，他自己也把这两个现象当作相同的现象来研究是有道理的。

一部作品如何形成一个有机整体一直是许多批评家关心的问题，即有机整体的形成因，这是一个极其复杂的问题。康德对有机整体的形成因有自己的看法，他说："天才不能从科学意义上说明其产品的成因，他所能提供的规律只能是单凭'自然'这条规律。因此，如果一位作者纯因天才之故而创造出一部作品，那么他自己也说不出有关这作品的观念是怎么进入他头脑的，他也没这个本事再作得出来。即使想以相同的方法再作一篇也办不到，而且他也不能把他的做法归纳成条条告诉别人，即使他们也能创造出类似的作品。"①可见康德认为，使文学作品形成一个有机整体的重要因素就是自然天才，天才凭借着"自然"的作用创造出了不朽的作品，这种天才没有重复性，也没有目的性。康德把这叫作"自然目的"。天才的创作就像有机体的生长一样，这些有机体仿佛是朝着有机体本身固有的目的而发展的东西，所以不是通过使部分组合的手段来达到预见的计划或设计。康德以树和表为例，分析了树的构成，来反对钟表的纯机械作用的观点。每一棵树都起源于同类的另一棵树，树的生长就是通过自身物质进行合成吸附而发展自己，树的各个部分都是为了其他部分和为了树的整体而存在，同时整体也依赖其各个部分的存在而存在。康德把自然的有机体的观点表述为一种内在的却又是无意识的目的论观点。一个"自我组成的实体"，它具有自身的"运动力"和自身的"形成力"，是由内向外发展的，其中部分与整体的关系可以重新表述为手段和目的的相互关系。康德把作品的有机构成比喻为一棵树的生长，它是内在的、无意识的、无目的的，即天才的无意识创造形成了作品的有机整体性。一个观念的种子最后变成一首脍炙人口的诗，这就好比一粒种子长成一棵枝繁叶茂的大树。根据这

① M.H.艾布拉姆斯.镜与灯［M］.郦稚牛，张照进，童庆生，译.北京：北京大学出版社，2004：251.

个比喻我们可以看出，人们看的诗是内容的形式，内容发展成形式，形式就是内容自身。康德把这种以植物的生长比喻作品的形成的理论运用到自己的唯心主义哲学体系中，对后来的许多批评家的影响是极大的，尤其是柯勒律治。

康德认为，一部作品仅有漂亮的形式是不行的，还应该有灵魂，即内容。他说："某些艺术作品虽然从鉴赏的角度看是无可指责的，然而却没有灵魂。一首诗可以写得十分漂亮而又优雅，但却没有灵魂。一品叙事作品，可以写得精确而又井然有序，但却没有灵魂。一篇节日的演说，可以内容充实而又极尽雕琢地叙事，但却没有灵魂。一些谈吐可以不乏风趣而又娓娓动听，但却没有灵魂。甚至一个女人，可以说长得漂亮、温雅而又优美动人，但却没有灵魂。那么，究竟什么是灵魂呢？从美学上说，所谓灵魂是指心灵中起灌注生气作用的那种原则。但是，这一原则靠什么来灌注生气呢？那就是把心灵的诸能力推向一种符合目的的自由活动中。这种自由活动一方面是自给自足的，另一方面又能加强心灵诸能力的活动。"①

康德对灵魂的解释让人费解，但是他提出了灵魂问题。从上面的引文可以看出，灵魂是与形式相对的东西，也就是内容。仅有形式没有内容的作品虽然也能欣赏，然而是没有深度的，没有生命的，不能真正打动人心。艺术作品的生命是一种"无目的的、合目的的"超越性审美自由活动中实现的气韵生动的美，是一种透人心扉的、让人难以忘怀的生命魅力。那么，灵魂的魅力是如何在艺术作品中实现的呢？康德说："一件美的艺术作品，必须被当作艺术，而不是自然。但它在形式上的合目的性，必须显得它不受一切人为造作的强制所束缚，好像只是自然的产物。"②康德认为，艺术作品在形式上必须是自然的、浑然天成的，是一个有机整体，毫无人为的痕迹，那么艺术作品的灵魂的魅力就在这自然的形式之中。内容

---

① 伍蠡甫.西方文论选［M］.上海：上海译文出版社，1979：563.

② 伍蠡甫.西方文论选［M］.上海：上海译文出版社，1979：409.

在形式之中，有了内容灌注的形式，就有了灵魂，有了生命。

3.2 赫尔德的有机整体论

赫尔德是杰出的文艺理论家、思想家和德国狂飙突进运动的领导者之一，制定了狂飙突进运动的纲领。其主要精神是歌颂自然状态，要求发扬民族风格，唤醒民族意识，极力推崇个人天才和感情力量。他的名言是"天才用不着任何规律"。从这些主张中，我们不难看出，赫尔德也是一位有机整体论者。

艾布拉姆斯在《镜与灯》中对赫尔德的有机整体论的独特贡献做出了说明："赫尔德于1778年发表了《论对人类心灵的了解和感觉》一文，它被认为是思想史上的转折点。他坚决反对机械论者和元素论者对自然和人、身体和心灵的解释，他提出的观点所依据的是莱布尼兹的单子论、夏夫茨伯里的泛神论以及生物科学……他的这篇论文开创了生物论的新时代：最激动人心的、最有创新意义的发现，原来只发生在物理学科领域中，现已转到了生物学领域，因此生物学取代了笛卡尔和牛顿的机械论而成为种种概念的策源地，这些概念后来迁移到其他学科领域中，从而改变了观念形成的总体特征。"[1]也就是说，曾作为种种观念策源地的笛卡尔和牛顿的机械论失去了往日的独尊，生物学的思维方式开始发挥作用，因此这篇论文被称为思想史的转折点。文学的有机论开始恢复生机，对机械论开战。这是赫尔德在有机整体论中的独特贡献。为了摆脱了机械论的束缚和揭示机械主义自然观的不足，他认为植物的生长过程是一个值得重视的现象。他说："瞧那植物，那有机体的纤维结构是多么可爱！它不停地转动着叶片，把使它变得新鲜的露水汲入体内。它的根须向下伸展盘绕，直到它能挺立起来；每一株灌木、每一棵小树苗都尽可能弯下腰来接受新鲜空气；花儿

---

① M.H.艾布拉姆斯.镜与灯［M］.郦稚牛，张照进，童庆生，译.北京：北京大学出版社，2004：247.

自动盛开，迎接它的太阳新郎的到来……植物非常努力地工作着，把外来的汁液加工成自身更为精细的部分，它生长、恋爱……然后衰老，最后死亡。"①植物生长，对环境做出反应，从这个环境中汲取营养成分并使之变成自身整体物质，直到死亡。一株植物就是一个有机整体，同样也是有机整体，而人作为有机体，本身就是思想、情感和意志的不可分割的统一体，以自己的生命展示了同外部自然相同的种种能力和作用。赫尔德把这种有机论应用于文学批评，无疑是要强调诗歌的有机整体性和诗歌作为一个有生命的整体所具有的"魅力"。

赫尔德开创了有机整体论的生物学新时代，他甚至用生物学思维来解决现实世界的问题。他以植物为原型，说明一个艺术形式是在其自身时间、地点的土壤中产生的，而不是在艺术家的心灵中起源的。赫尔德认为，古希腊的戏剧和莎士比亚的戏剧是分别从各自特定的时代环境和文化环境中生长出来的。这种生长的产品是一个丰富多彩的、有生命的整体。李尔王就是一例，在这个戏剧的第一场中，他身上就带着命运的全部种子，这些种子最后酿成了极其黑暗的结局。这样一部戏剧中的人物、情节、伴随状况和动机等，都处于运动状态，不断发展着，形成一个单一的整体。在这个整体中，任何成分都不能被改变和替换，而且这个整体也同现实世界一样，充满其中的是一个相互贯穿的、赋予万物以生命的灵魂。可见，赫尔德认为有机整体形成的依据是特定的时代环境和文化环境。一部成功的文学作品是离不开特定的时代和文化环境的，这是毫无争议的，但作品是在这样的环境中的作家的头脑中孕育的。他还认为，一个天才人物本身就可以被认为是一株在不知不觉地生长的植物。这种思想显然受到爱德华·杨格和约翰·乔治·舒尔茨等人的影响。舒尔茨在《艺术通论》中说："有的时候，某些思想在我们全力以赴想察觉它们时并不出现，也

---

① M.H.艾布拉姆斯.镜与灯［M］.郦稚牛，张照进，童庆生，译.北京：北京大学出版社，2004：248.

不让我们明确把握，而过了很久以后，我们不去寻找时，这些思想又自动呈现出来，并且呈现得极其清晰，仿佛在我们找与不找的间歇中，它们就像一株植物悄然生长了，现在则以鲜花盛开的风姿突然展现在我们的面前。"[①]赫尔德对歌德和黑格尔的有机整体论思想产生了很大的影响。

3.3 歌德的有机整体论

歌德是十八世纪七十年代狂飙突进运动的中心人物，德国民族文学的主要代表，诗人、戏剧家、文艺批评家。正如自然、客观、健康常常是歌德评价作品的标准一样，有机整体论思想也是歌德一个重要的美学思想。这一方面与歌德对生物学研究的启发有着很大的关系，另一方面也与他晚年受到康德的目的论影响有关，同时也受到赫尔德的有机整体论思想影响。因此，歌德的有机整体论思想强调突出"显出特征的整体"和"生气灌注的整体"，即文学作品的美应体现在内容与形式相结合的整体上。亚里士多德以后的有机整体论一直倾向形式方面，而忽视内容方面，歌德以自己的创作实践和对艺术的深刻体会重申了内容与形式相结合的观点，有机整体论才又恢复了亚里士多德时代的生机。

歌德的有机整体论思想主要散见于他的创作中。他在1827年4月18日说："艺术家要通过一种完整体向世界说话。但是这种完整体不是他在自然中所能找到的，而是他自己的心智果实，或者说，如果你愿意这样说，是一种分产的神圣的精神灌注生气的结果。"[②]一方面，歌德强调艺术的形式完整性；另一方面，他强调艺术是有生命的。这里所说的"完整体""整体"，就是柏拉图和亚里士多德所讨论的生命的有机性"整体"，即生命存在的形式。这样的艺术无论是来自粗陋的原始状态还是出于文明的情感，

---

① M.H.艾布拉姆斯.镜与灯［M］.郦稚牛，张照进，童庆生，译.北京：北京大学出版社，2004：246.

② 爱克曼.歌德谈话录［M］.朱光潜，译.北京：人民文学出版社，1978：132.

都将永远表现为一个完整的整体，并且是一个有生命的整体。作为一个生物学家，歌德在许多著述中常用生物的有机体来比拟一部艺术作品，指出诗人的任务就是根据现实生活所提供的机缘和材料，熔铸成一个优美的、有生气的整体。"怎么能说莫扎特构成他的乐曲《唐·璜》呢？哼，构成！仿佛这部乐曲像一块糕点饼干，用鸡蛋、面粉和糖掺合起来一搅就成了！它是一件精神创作，其中部分和整体都是从同一个熔炉中熔铸出来的，是由一种生命气息吹嘘过的。"①歌德更喜欢"熔铸"这一更能体现整体的词，而讨厌"构成"这样的词，可见艺术必须是"生气灌注"的完整体，不是拼凑，而是浑然一体，是通过个别特征而形成的有生命的整体，是活生生的个别，是显出个性特征的整体。歌德有一句结论性的话："我们应该从显示特征的开始，以便达到美的"。②另外歌德有一句名言："古人的最高原则是意蕴，而成功的艺术处理的最高成就就是美。"③这两句话总结了歌德的文艺美学的思想，应合在一起来看。这里的"特征"和"意蕴"都是内容，内容经过"成功的艺术处理"才达到美的结果，表现在已完成的显出意蕴或特征的整体，亦即内容与形式的统一体上。可见，歌德心中理想的艺术是内容与形式相融合在一起的有机整体，是有生命的整体。

歌德不仅对有机整体在内容与形式的关系上有着客观的看法，而且对有机整体的构成也有真知灼见。歌德受了赫尔德的影响，在《论德国的建筑》一文中，认为哥特式建筑是天才的心灵中长成的有机产物。天才是这样的一种人物，从他的灵魂中产生了各个部分，这些部分交织在一起，成长为一个永恒的整体。因为人都有一种形成性，这种形成性可以根据已有的素材创造出一个富有特征的整体。以自然的有机体比喻艺术作品，他在早先对中世纪建筑的讨论中隐约提到，意大利之行后则被明确地用来比喻

① 爱克曼.歌德谈话录［M］.朱光潜，译.北京：人民文学出版社，1978：246.

② 朱光潜.西方美学史［M］.北京：人民文学出版社，1980：421.

③ 朱光潜.西方美学史［M］.北京：人民文学出版社，1980：421.

古希腊、古罗马的经典作品："艺术的这些高级作品，有如自然的最高级造物一样，是人根据真实的自然的规律创造的。一切人为的、幻想的东西都殊途同归：这就是必然，就是上帝把艺术创造视为心灵中的一种自然过程。"①他说："一件完整的艺术作品就是人类的精神产品，在这个意义上也是一件自然作品。"②自然和艺术被一条可怕的鸿沟隔开了，即使是天才，没有外来的帮助也不能跨越这条鸿沟。但是可以在这鸿沟之上架起一座桥，只要艺术家探测到事物的深处，同时也能探测到他自己的灵魂深处。他在作品中创造的不仅是廉价而肤浅的有效的东西，而且应与自然相匹敌地创造出某种在精神上是有机的东西，他还要能够赋予作品一种内容和形式，使作品看上去既是自然的也是超自然的。

说到底，在艺术实践中，我们只能与自然一争高低，因为我们已至少在某种程度上学到了创造万物时所从事的活动。生物学的影响与赫尔德的历史主义文学观的影响使得歌德的有机整体论思想有着明显的特点，即把艺术作品作为一个个别的有机整体，它并不是一个与时代和社会环境脱离的独立实体，而受到历史条件和民族精神的巨大制约。《文学上的无短裤主义》一文中指出："一篇有意义的文字就同一段有意义的讲话一样，只能是生活的结果；作家同一般有作为的人一样，很少能制造自己诞生与活动的环境。每一个人，包括最伟大的天才在内，都在某些方面受到时代的束缚，正如在另一方面受到时代的优惠一样。一个杰出的民族作家，只能求之于民族。"③

与古典主义时期注重文艺作品结构的有机整体论相比，歌德更加关注作品的灵魂和生命，也就是更加注重内容。艺术的生命，是艺术家灌注生气的结果。歌德认为艺术存在的形式是生命的形式，艺术作品的生命形式

---

① M.H.艾布拉姆斯.镜与灯［M］.郦稚牛，译.北京：北京大学出版社，2004：250.

② M.H.艾布拉姆斯.镜与灯［M］.郦稚牛，译.北京：北京大学出版社，2004：251.

③ 伍蠡甫.西方文论选［M］.上海：上海译文出版社，1979：459.

就是艺术家的生命和灵魂的反映，也就是艺术家的生命形式。

3.4 黑格尔的有机整体论

黑格尔是德国哲学思想和美学思想的集大成者，他的全部美学思想都源于他给美下的定义："美是理念的感性显现。"这一定义包含了丰富的有机整体论思想：一是理念，就是文学意义上的"意蕴"，也就是内容；二是感性显现，是直接呈现于感官的具体形象，也就是形式；三是这两方面的统一。从黑格尔的美的定义中可见，艺术要有感性因素和理性因素，并且二者是有机统一的。艺术表现内容的形式是直接的，它用的是感性事物的具体形象，而哲学是抽象的，宗教介于二者之间。每一部成功的作品都是理念的感性显现，都是理性与感性的辩证统一。理性与感性的统一有内容与形式的统一的含义。黑格尔认为，理想的艺术应该是理念的精神内容与感性的显现形式的高度统一。但事实上这种统一是不容易的，理念的精神内容与感性的显现形式之间必然会出现以下三种关系：形式压倒内容；内容与形式契合无间；内容压倒形式。与这三种关系相对应，艺术美的各个特殊阶段和类型区分为：象征型艺术，建筑为代表；古典型艺术，雕刻为代表；浪漫型艺术，绘画、音乐和诗为代表。他是从整个艺术的范畴进行考察的，显然对艺术的分类存在明显的不足。朱光潜在《西方美学史》中客观地评价道："他把艺术的黄金时代摆在过去，对艺术未来的远景存在悲观，把自然和艺术的演变看成精神逐渐克服物质的演变，这些都是他的基本错误。"①虽然用内容与形式的三种关系去理解整个艺术的发展史是武断的，然而这三种关系的提出是对有机整体论中内容与形式关系的一个重大总结，也是对西方一直占主导地位的形式主义的巨大反驳。

黑格尔说："遇到一件艺术作品，我们首先见到的是直接呈现给我们的东西，然后再追究它的意蕴或内容。前一个因素——即外在的因素——

---

① 朱光潜.西方美学史［M］.北京：人民文学出版社，1980：496.

对于我们是有价值的，并非由于它所直接呈现的东西；我们假定它里面还有一种内在的东西，即一种意蕴，一种灌注生气于外在形状的意蕴。那外在形状的用处就在指引到这意蕴。"①从这段话中我们可以看出，黑格尔认为一件艺术作品就是理性和感性的统一，内容和形式的统一，肯定了形式的价值，但并不认为作品的价值是形式的直接呈现，而是由于形式里的意蕴——内容。这就是对欧洲美学思想中泛滥的形式主义的挑战。朱光潜评价说："黑格尔是孤立的，尽管他费尽力气阐明理性内容在艺术中的首要地位，而在资产阶级的美学和艺术实践中，他的学说并没有产生多大的影响，感性主义和形式主义一直在泛滥着。"②

黑格尔一方面强调内容与形式的有机统一，另一方面强调内容的决定作用，因为形式的作用是导引内容。他说："形式的缺陷总是起于内容的缺陷。……艺术作品的表现愈优美，它的内容和思想也就具有愈深刻的内在真实。"③他还系统地研究了康德、赫尔德等人关于生命形式的问题，就是生命和灵魂问题，即内容问题。生命是有机体的概念，是内在的统一。"内在的统一"就是指灌注生气于各个部分，使它们显出是一个统一体。关于"灵魂"，一方面，构成艺术作品的整体的各个部分显示灵魂，另一方面，灵魂所统摄的各个部分必然结合为一个整体，并且都要为整体所包含。他认为康德提出的"灵魂"与赫尔德提出的"整体"是一回事，即"灵魂"等同于"整体"。人有生命，同样艺术作品也有生命，人的灵魂显示在眼睛上，而艺术形象的每一点都显示着灵魂。正如他说，艺术也可以说是要把外表上的每一点都化成眼睛或灵魂的住所，使它把心灵显示出来。黑格尔对灵魂问题进行了解释，他认为灵魂是内在生命的魅力，是生命表现出圆满自足的状态。这足以看出歌德对生命和灵魂的重视，也就是对内容的重视。

---

① 黑格尔.美学［M］.北京：商务印书馆，1979：22.

② 朱光潜.西方美学史［M］.北京：人民文学出版社，1980：480.

③ 黑格尔.美学［M］.北京：商务印书馆，1979：89.

　　黑格尔还把有机整体论思想运用到人物性格上，这是继贺拉斯的人物类型说以后，有机整体论在人物性格论上的进一步发展。他认为人物性格是理想艺术表现的真正中心。理想人物的性格最重要的特点就是整体性。理想性格是一个具有各种属性的整体，它有丰富性，又有整体性，是多样性的统一。理想性格不像某些作品中的人物那样是抽象的、任情欲支配的性格，而是有许多性格特征的充满生气的总和。"每个人都是一个整体，本身就是一个世界，每个人都是一个完满的有生气的人，而不是有着某种孤立的性格特征的寓言式的抽象品。"①人物性格的整体性是指人物性格的各种属性，即性格的各个侧面有机地融合成为一个完整的整体。

3.5 柯勒律治的有机整体论

　　十八世纪末十九世纪初，英国的浪漫主义文学家中对有机整体论做出巨大贡献的是柯勒律治。他从德国的哲学家和批评家那里汲取了许多批评思想，他把想象的有机论概念转变为一种对文学进行特殊分析和评价的包容一切并切实可行的办法。他所阐发的有机整体论诗学在当时的英国犹如空谷足音，很少产生影响。然而随着时间的推移，他的有机整体论思想越来越受到人们的重视和研究。他认为一种艺术或一个民族的文学，都应当作一个个"有机整体"来看待，所谓的有机整体实际上就是我们今天所说的生命形式。是什么让文学作品构成有机整体并且赋有生命呢？柯勒律治认为就是"创造性心灵"或"创造性想象"。柯勒律治的批评理论根植于创造性心灵的构成和活动中，他说："我曾力图在人类心灵的各种能力之上，在这些能力相对的尊严和重要性之上建立一个牢固的基础，并永远在这基础上展开我的观点。我是根据这种能力或源泉——任何诗篇或诗

---

　　① 黑格尔.美学［M］.北京：商务印书馆，1979：295.

句所能给人的愉快都由此产生——来评估这些诗篇或诗段的价值的。"①
心灵以及创造性能力的相对地位和作用，对柯勒律治来说既是艺术作品
形成的源泉，也是评价艺术尺度和标准。

柯勒律治的有机整体论理论是在与华兹华斯的观点对立中建立起来
的。首先，他认为诗歌是一种有明确意识的艺术。所谓伟大的诗篇是"自
然的"，是指它包含的目的、部分与整体，手段与目的的相适配，能够
有选择地使用诗歌所特有的规约。柯勒律治把诗歌界定为达到某一"目
的""宗旨"或"目标"的手段，从而把诗歌创作明确地视为一种有意识
的艺术，而不是情感的自然流露，与华兹华斯的"诗歌是情感的自然流
露"的观点相反。这实际上也就是对创造性想象与华兹华斯的幻想理论做
了本质上区分。其次，在诗歌的韵律问题上，柯勒律治也与华兹华斯不
同，华兹华斯认为韵律不是创作固有的东西，而是附加在自然语言之上的
迷人之物；而柯勒律治公然宣称韵律是诗歌的基本属性。他说："一首诗
就是这样的一种作品，它与科学作品相对，因为它的直接目的是客观地给
人愉快，而不是获得真理；与所有其他创作样式相比，诗歌的独到之处在
于它力图从整体上达到这种愉快的目的，同时，它的每一个组成部分也能
明显地给人满足。"②一首诗的各个部分，包括它所表达的情感和韵律，
组成了各种手段，都是为了达到给人愉快这一既定目标的手段。在一个
和谐的或有条不紊的整体中，任何改动势必会牵动其他部分；柯勒律治
论证说："一个有机体整体中的所有部分，都必须等同于更加重要、更加
基本的部分。"③韵律是构成诗歌有机整体必不可少的部分，诗歌是靠整

① M.H.艾布拉姆斯.镜与灯［M］.郦稚牛，张照进，童庆生，译.北京：北京大学出
版社，2004：136.

② M.H.艾布拉姆斯.镜与灯［M］.郦稚牛，张照进，童庆生，译.北京：北京大学出
版社，2004：137.

③ M.H.艾布拉姆斯.镜与灯［M］.郦稚牛，张照进，童庆生，译.北京：北京大学出
版社，2004：138.

体给人快感的。整体中的各个部分要和谐统一。这继承了亚里士多德的有机整体论思想。

以上是柯勒律治从作品的角度去考察一首诗。对于总体的诗，他则从诗人的角度出发，研究创作过程中各种心灵能力的结合和作用。他说："诗是什么？这无异于问：诗人是什么？回答其中一个问题，另一个也就有了答案。因为诗的特点就是诗人的特点……"[1]这样，柯勒律治就把诗歌有机整体的构成问题转化为诗人的创作问题。他在《文学生涯》说："理想中完美的诗人能将人的全部灵魂带动起来，使它的各种能力按照相对的价值和地位彼此从属。他的身上会散发出统一性的色调和精神，能借助那种善于综合的神奇力量，使它们彼此混合或融化为一体。这种力量我专门用了'想象'这个名字来称呼。这种力量，首先为意志与理解力所推动，受着它们温和而难于察觉且不放松的控制，在使对立的、不调和的性质达到平衡或变得和谐中来显示自己：它调和同一的和特殊的、一般的和具体的、概念和形象、个别的和有代表的、新奇的和陈旧的、一种不寻常的情绪和一种不寻常的秩序；永远清醒的判断力与始终如一的冷静的一方面，和热忱与深刻强烈的感情的一方面；并且当它把天然的与人工的混合，使之和谐时，它仍然使艺术从属于自然；使形式从属于内容；使我们对诗人的钦佩从属于我们对诗的感应。"[2]这样，柯勒律治就把"想象"作为一个重要的批评概念，从德国的哲学家和批评家那里引到英国的有机主义艺术理论中来，并作为他的批评理论的基石。从引文可以看出，评价一首诗的优劣应当以它的容量大小为标准，即"各种对立的、不调和的性质"能否被想象这个神奇的综合性力量融和或调和为一个整体。简言之，想象能否使对立的因素趋于平衡与和谐。亚里士多德时期的有机整体论强调，作品最

---

① M.H.艾布拉姆斯.镜与灯［M］.郦稚牛，张照进，童庆生，译. 北京：北京大学出版社，2004：138.

② M.H.艾布拉姆斯.镜与灯［M］.郦稚牛，张照进，童庆生，译. 北京：北京大学出版社，2004：139.

终要成为一个像活的生物一样的有机整体，因为活的生物是完美的、有机的、结构匀称的，更因为亚里士多德认为艺术的本质是模仿。到了柯勒律治这里，他从诗人创作心理的角度深刻地研究了有机整体的构成原因，那就是诗人的创造性想象，这实际上就是亚里士多德以来诗歌有机整体论的进一步发展。正如柯勒律治一再强调的那样，一首诗必须是一个整体，它的各个部分相互支持、彼此说明。或者说艺术作品好比一个活的物体，必须是一个有组织的东西，而所谓组织，就是将部分结合在一个整体之内，为了成为一个整体而结合起来，以致每个部分既是目的又是手段。柯勒律治的想象理论突出体现了对立面的统一的辩证思想，也为诗歌有机整体的构成找到了动力因素。

从上段关于想象的著名的引文中我们也可看出，柯勒律治认为有机整体又是一个极其复杂、多样的整体。对于一件艺术作品，衡量是否伟大主要看两个因素：一是材料的丰满——量大、样式多；二是这些材料在一个有机整体特有的相互依赖性中联系在一起的程度。柯勒律治阐述了两者之间的关系：丰满性是由它的整体性中所包含的多样性决定的。这样为他评价古希腊的戏剧与莎士比亚的戏剧找到了出路。他之所以把莎士比亚尊为圣人，正是由于莎士比亚戏剧素材的多样化以及表面上的不和谐性：他把悲剧和闹剧、欢笑和眼泪、卑下和崇高、国王和弄人、格调高的和低的、怜悯与双关等调和成一个整体。莎士比亚的高明之处就在于把杂多、表面看来不和谐的众多材料熔铸成一个有机整体。柯勒律治说："有如美丽庄严的植物，其中每一株都有其自身的生命原则，把土壤中的养分吸收进来，并以各种不同的形式组织起来……它们的色彩和品质证实了它们的诞生地以及它们内在生长和外在延伸的各种事件和条件。"①

---

① M.H.艾布拉姆斯.镜与灯［M］.郦稚牛，张照进，童庆生，译.北京：北京大学出版社，2004：266.

柯勒律治不仅为文学有机整体的形成做出了合理的解释，而且从对立统一的角度证实了这个有机整体还是一个丰满、复杂的整体，进一步完善和发展了有机整体论。

结　语

据说柏拉图曾经解剖过一只青蛙，他发现如果将一张桌子拆开，把各个部分重新组装起来还是那张桌子，可是把青蛙解剖后就再也不能成为一只青蛙了。究其原因，青蛙本身就是一个不可分割的整体，一分开就失去了青蛙；而桌子本来就不是一个整体，它由各个部分拼凑而成。于是柏拉图得出：所有的物体都是全体等于各部分总和，可是，生物体是全体大于各部分的总和。亚里士多德进一步发展了他老师的观点：物体由是各个部分组成的，并且整体等于部分之和；生命体不是由部分组成的，相反，是先有整体后有部分，每一部分都是由整体生出来的。于是，我们可以得出结论：文学艺术也是由灵魂的种子长成的枝繁叶茂的大树，是有生命的整体，因此，以有机体为隐喻，用生命哲学的思维去思考和研究文学是十分有价值的。有机整体论在西方批评史中已存在两千余年，并受到许多大批评家的重视与研究。不仅在西方，我国也有"气韵生动"之说。这足以说明有机整体论的批评思想是全人类的共同财富。

有机整体论在亚里士多德的《诗学》、贺拉斯的《诗艺》和朗吉努斯的《论崇高》中都体现出了内容与形式的有机统一，虽然有重形式的倾向，但没有离开内容谈形式，尤其在亚里士多德和朗吉努斯的美学思想中得到高度的统一。中世纪、文艺复兴时期和新古典主义时期，有机整体论的发展失衡，形式因素得到重视，有机整体论几乎为形式主义所代替。浪漫主义兴起后，对作家的研究的兴起，文学作品的内容也相应受到了重视，有机整体论又焕发生机。

有机整体论要求文学作品在内容与形式上要有机融合，然而纵观有机整体论的历史，这种真正有机融合的理论并不是很多，文学的形式主义倾向十分严重。尤其在现代林林总总的形式主义文论中，有机整体论还没有形成一套成熟的理论体系和系统的批评方法。因此，在当今把文学解剖的今天，使文学重归和谐与完整，适应新时代的要求，构建新的有机整体批评理论势在必行。

二

有机整体论文学批评思想实践

东西方诗学中意境论与有机整体论比较研究

摘要：意境论和有机整体论是东西方诗学的传统理论。然而，意境论与典型论的研究比比皆是，典型论主要是小说的研究范畴。西方基础文类戏剧和诗歌的研究范式应是有机整体论。因此，意境论与有机整体论的比较研究就有一定的研究价值。

关键词：有机整体论　比较诗学　意境论

在一些中西比较诗学的论著中，意境论与典型论经常作为中西诗学的核心概念被对举和论述。一般认为意境论是中国抒情文学的最高研究范式，典型论是西方叙事文学的最高研究范式，它们分别代表了中西最高层次的艺术审美理论。这主要是从美学理论的层面进行的平行研究。正如李泽厚在《美学论集》中说："诗、画（特别是抒情诗、风景画）中的意境，与小说、戏剧中的'典型环境中的典型性格'，是美学中平行的两个基本范畴。"①此后成果斐然，曹顺庆先生的《中西比较诗学》、饶芃子先生的《中西比较文艺学》等都有专章对意境与典型进行论述。抒情文学被公认为中国文学的主体，叙事文学一直是西方文学的主流，因此将中西各自文学研究的核心观念，即意境论与典型论进行对比、举例研究是较为理想的研究范畴。如李泽厚先生所说典型论是戏剧和小说的研究范畴的话，那么，西方戏剧和诗歌最佳的研究范式是有机整体论。意境论与有机整体论都是在中西基础文类基础上逐渐形成的批评思想，意境是中国诗歌所要追求的最高美学理想；有机整体是西方诗学戏剧和诗歌追求的最高美学理想。因此，意境论与有机整体论的比较研究就有一定的意义和价值。

意境论和有机整体论都是在长期创作研究的基础上逐渐形成的，有其自身的产生、发展和成熟的过程。意境论诞生于唐代，经宋、元、明、清的发展而逐步成熟。近代王国维则是意境论的集大成者。有机整体论诞生于古希腊的亚里士多德的《诗学》中，经过古罗马、中世纪、文艺复兴时期，在浪漫主义时期柯勒律治的努力下成熟起来。两者都对20世纪文学批评产生深刻影响。结构主义与新批评是有机整体论在20世纪的回响，宗白华的"三境层"理论更是意境说的现代阐释。意境论与有机整体论虽然有着相似的发展历程，由于各自产生的文化背景、理论主张、特点贡献等不同，两者存在巨大的差异。

一　文化背景比较

首先，中国传统的儒家、道家的思想，以及外来的佛教思想是意境论诞生的思想基础。意境说诞生之前，关于"言""象""意"的文学关系论述就十分丰富。《周易·系辞》所说"圣人立象以尽意"，老子所说"道之为物，唯恍唯忽。惚兮恍兮，其中有象；恍兮惚兮，其中有物"，庄子所说"可以言论者，物之粗也；可以意致者，物之精也"，释慧琳所说"象者理

---

① 李泽厚美学论集［M］.上海：上海文艺出版社，1982：325.

之所假，执象则迷理"，佛学的境界说等都为意境论的产生提供了深刻的哲学基础。

有机整体论的诞生也有着深刻的哲学基础。亚里士多德之前的古希腊哲学非常发达，而且哲学与科学的发展密不可分，米利都学派天文学、毕达哥拉斯的数学哲学、赫拉克利特的万物流变说、德谟克利特的原子论、柏拉图的理念论等为有机整体论的诞生打下了哲学基础。亚里士多德的哲学思想是有机整体论诞生的最直接根据。马克思称赞亚里士多德是古希腊最博学的哲学家，他著有《动物志》《论动物起源》等，被后世尊为动物学的奠基人，因此，他以动物优美的肢体比喻戏剧的结构就十分自然了。

从中西诗学的哲学基础看，意境论受到宗教思想哲学影响很大，儒家入世哲学思想、道家的出世哲学和佛教"境界"思想都被包含在意境论中；有机整体论的哲学基础上渗透着科学观念，尤其是生物学观念，这也成为西方诗学文化特点。

其次，自《诗经》《楚辞》至大唐时代的诗歌作品异常丰富繁多，这是评诗论诗的实践基础。由于唐代有大量诗歌作品的存世，诗人辈出，意境论的诞生在唐代绝非偶然。

古希腊的戏剧创作演出都十分繁荣，产生了一大批著名戏剧家和作品，如古希腊三大悲剧家。亚里士多德的《诗学》就是对戏剧作品研究和总结的巨著，有机整体论就在其中首次被提出。

再次，魏晋以来忽然兴起的文学批评为意境论诞生提供了必要的理论基础。"言""意""物""境"等关键的批评术语的关系在陆机的《文赋》、刘勰的《文心雕龙》中被广泛论述。陆机在《文赋》中论述了"意"与"物"的交融关系："遵四时以叹逝，瞻万物而思纷；悲落叶于劲秋，喜柔条于芳春。"[①]刘勰在《文心雕龙·物色》也强调了"情"与"物"的关系："春秋代序，阴阳惨舒；物色之动，心亦摇焉。……岁有其物，物尤其

---

① 袁行霈，孟二冬，丁放.中国诗学通论［M］.合肥：安徽教育出版社，1996：432.

容；情以物迁，辞以情发。"①这些言辞都为作家主观精神与客观物境的融合奠定了基础。

相比可见，意境论有深厚的理论资源，是对"言""意""物""境"等理论总结与升华；有机整体论的"整体"与"有机"是源于亚里士多德的学术系统，不如意境论的理论基础深厚，这也造成有机整体论不能为西方诗学中显学的重要原因，而意境论却成为中国诗学当之不愧的显学。

二　理论形成史比较

意境论与有机整体论都有各自的理论形成史，这些理论在不同的文化背景下都经历了诞生、发展和成熟的过程。

（一）意境论与有机整体论的诞生

意境论正式诞生于唐代。王昌龄在《诗格》中说："诗有三境。一曰物境：欲为山水诗，则张泉石云峰之境极丽绝秀者，神之于心，处身于绝，视境于心，莹然掌中，然后用思，了然境象，故得形似。二曰情境：娱乐愁怨，皆张于意而处于身，然后驰思，深得其情。三曰意境：亦张之于意而思之于心，则得其真也。"②这是"意境"在诗学领域首次被提及和运用，由此意境说诞生，但王昌龄只把意境作为诗歌的类型之一，与山水诗、抒情诗共同组成诗的三种境界。此时的意境还没有上升到理论的高度。

有机整体论诞生在古希腊时期。亚里士多德的《诗学》包含丰富的有机整体论思想，他给悲剧下定义说："悲剧是对于一个严肃、完整而有一定长度的行动的模仿。所谓完整，指事之有头，有身，有尾。"③亚里士多德把戏剧的情节结构的完整性比喻成一个动物，因为动物总有一个合适优

---

① 袁行霈，孟二冬，丁放.中国诗学通论［M］.合肥：安徽教育出版社，1996：433.
② 袁行霈，孟二冬，丁放.中国诗学通论［M］.合肥：安徽教育出版社，1996：437.
③ 亚里士多德.诗学［M］.罗念生，译.北京：人民文学出版社，1962：26.

美的结构。亚里士多德被后世尊为动物学鼻祖，以动物比喻文学作品的结构就很自然了。亚里士多德针对戏剧的情节提出"完整"和"有机"等要求，他说："在诗里，正如在别的模仿艺术里一样，一件作品之模仿一个对象；情节既然是行动的模仿，所模仿的就只限于一个完整的行动，里面的事件要有紧密的组织，任何一部分一经挪动或删除就会使整体松动脱节。要是某一部分可有可无，并不会有显著的差异，那就不是整体中的有机部分。"①亚里士多德认为，情节是悲剧艺术最重要的事，是悲剧的灵魂，那么如何安排情节就十分重要了；部分与部分之间、部分与整体之间就必须是有紧密关系的，按照"可然律"和"必然律"来安排，这就是"有机的"。《诗学》中"有机整体"还没有作为批评术语被正式提出，但已包含丰富的有机整体论的思想。

在诞生之初，意境论与有机整体论都出现在批评著作之中，虽没形成各自的系统的理论主张，但都具有丰富的理论内涵和发展潜质。

（二）意境论与有机整体论的发展

意境论与有机整体论都经历过漫长的发展过程，这是不断充实和完善的过程，是理论诞生之后和形成之前的重要阶段，是量的积累期，是理论形成的最重要基础。

宋、元、明时期是意境论进一步被发展、丰富和深化的过程。欧阳修在《六一诗话》中引赞梅尧臣："圣俞尝语余曰：诗家虽率意而造语亦难。若意新语工，得前人所未道者，斯为善也。必能状难写之景，如在目前；含不尽之意，见于言外，然后为至矣。"②据此，他提出了"意新语工"与"意在言外"的观点，讨论了意、言、语之间的关系，进一步丰富了意境论的内容。苏轼在诗学理论上主张诗歌要追求"自然""神似"和"远韵"。后者是在前两者的基础上提出的，"神似"到了一定程度，必然有言

① 亚里士多德.诗学［M］.罗念生，译.北京：人民文学出版社，1962：19.
② 袁行霈，孟二冬，丁放.中国诗学通论［M］.合肥：安徽教育出版社，1996：502.

外之意，言有尽而意无穷。诗人如能摆脱一切束缚，就能得于象外，做出有远韵的诗。严羽在《诗辨》中也认为："夫诗有别材，非关书也；诗有别趣，非关理也。然非多读书、多穷理，则不能极其至，所谓不涉理路、不落言筌者，上也。诗者，吟咏情性也。盛唐诸人惟在兴趣，羚羊挂角无迹可求。故其妙处透彻玲珑不可凑泊，如空中之音、相中之色、水中之月、镜中之象，言有尽而意无穷。"①"兴趣"是诗之五法（体制、格力、气象、兴趣、音节）之一，即引文中所说的"别才""别趣"，也即"妙悟"，应属意境中"意"的范畴，上层诗作一定是言有尽而意无穷，这主要针砭当时宋诗之学究之风。元代的诗论家方回认为："诗先看格高，而意又到语又工为上；意到语工，而格不高次之；无格、无意、又无语，下矣。"②关于用"意"，方回主张要"清新"。"才力使之然者为俊逸，意味之自然者为清新"意思是说诗歌内容要有真情实感，要发肺腑之言，要率真自然，俊逸可无，但清新不可无。明代后七子之谢榛在《四溟诗话》中详细分析了诗歌中情、景二要素。他说："作诗本乎情景，孤不自成，两不相背。……情景有异同，模写有难易，诗有二要，莫切于斯者。……景乃诗之媒，情乃诗之胚，合而为诗，以数言而统万形，元气浑成，其浩无涯矣。"③可以看出，情与景是相辅相成、缺一不可的；景是外在的，情是内在的，内外结合才能成为诗，才能浑然一体。

"景""情""神韵"等关键术语的提出和它们之间重要关系的讨论为意境论理论形成做好了准备。

有机整体论文学批评思想在古罗马的贺拉斯和朗吉努斯的努力下得到进一步的丰富和发展，同时他们的理论对十七和十八世纪文论产生了直接的影响。贺拉斯的《诗艺》开篇就用了一个譬喻："如果一个画家作了这样

---

① 袁行霈，孟二冬，丁放.中国诗学通论［M］.合肥：安徽教育出版社，1996：599.
② 袁行霈，孟二冬，丁放.中国诗学通论［M］.合肥：安徽教育出版社，1996：704.
③ 袁行霈，孟二冬，丁放.中国诗学通论［M］.合肥：安徽教育出版社，1996：751.

一幅画：上面是个美女的头像，四肢是由各种动物的肢体拼凑起来的，覆盖着各种颜色的羽毛，下面长着一条又黑又丑的鱼尾巴。朋友们，如果你看到这样一幅画，能不捧腹大笑吗？皮索啊，请你相信我，有的书就像这种画，书中的形象就如病人的梦魇，是胡乱构成的，头和脚可以属于不同的族类。画家和诗人一向都有大胆创造的权利，不错，我知道我们诗人要求有这种权利，同时也给予别人这种权利，但是不能因此就允许把野性与驯服结合起来，把蟒蛇与飞鸟、羔羊与猛虎交配在一起。"①贺拉斯以画作喻，说明文学作品的各个组成部分应该首尾贯通一致，而不应像这幅画一样胡乱构成。《诗艺》中提出了"合式"与"合情合理"的原则，这直接而深刻地影响了十七世纪新古典主义文学。在古典主义理论家布瓦洛的阐发下，有机整体论在被变异成时间整一、地点整一与情节整一的"三一律"，虽然这合乎了当时贵族为主体的观众口味，但成为文学艺术自身发展的严重羁绊，"三一律"被奉为机械整体论的理论圭臬。

朗吉努斯在《论崇高》中说："正如人体，没有一个部分可以离开其他部分而独有其价值。但是所有部分彼此配合，则构成了一个尽美尽善的有机体；同样，假如雄伟的成分彼此分离，各散东西，崇高感也就烟消云散；但假如它们结合成一体，而且以调和的音律予以约束，这样形成了一个圆满的环，便产生美妙的声音。在这圆满的句子中，雄浑感几乎全靠许多部分的贡献。"②朗吉努斯很形象地道出了文学作品结构的关系和作用：部分与部分互离不开，部分脱离整体就失去其存在价值，整体的风格显现要靠部分；结构的作用在于把各种分散的崇高因素结合成为一个有机整体，产生出一种崇高感，从而支配读者的心灵，因此在朗吉努斯的眼里，庄严和高雅的结构是崇高风格的最终决定因素。在论述崇高风格的五种构成要素中，朗吉努斯认为作者崇高伟大的思想是最重要的。这种看法主张

---

① 贺拉斯.诗艺［M］.杨周翰，译.北京：人民文学出版社，1980：157.

② 章安祺.缪灵珠美学译文集［M］.北京：中国人民大学出版社，1987：127.

除了针砭当时的形式之风外，还成为十八世纪末兴起的浪漫主义文学文论的源头，为文学批评的转向埋下种子。

意境论与有机整体论的漫长发展过程为理论体系的形成打下了坚实而丰富的基础。它们都在基础文类的基础上继续发展。意境论在形成过程中以关键术语和重要关系的探讨为主要形式，并没有脱离意境论发展的正常轨道，稳重向前发展。有机整体论就不一样了，有时重形式，有时重内容，甚至还走向极端，如新古典主义的"三一律"，可见中西诗学文化传统的大不同。中国诗学文化受到儒释道等哲学思想的影响，本身就呈现出和谐统一的美学内涵；西方诗学受到科学、神学和哲学等影响，体系思想较为严重，这往往容易产生对立和冲突，这也是西方诗学文化特点。

（三）意境论与有机整体论理论形成

王国维和柯勒律治分别为意境论和有机整体论的形成做出了巨大的贡献。

近代，学贯中西的王国维在前人的基础上归纳总结意境论的理论资源，专心研究批评各代诗词，又在叔本华和尼采的哲学影响下，逐步建立了意境论理论体系。他在《人间词话》乙稿序中说："文学之事，其内足以摅己，而外足以感人者，意与境二者而已。上焉者，意与境浑，其次或以境胜，或以意胜，苟缺其一，不足以言文学。"①王国维在此明确提出意境说，并把作品分为两大类：最优秀的作品，即意与境浑者；其次是以境胜者或以意胜者。因此，意境有深浅之说，深者为上层。他还强调说，苟缺"意"或"境"其一，不足以言文学。此处，"意"已与王昌龄《诗格》中的"意"的内涵大不相同了，他扩大了"意"的内涵，使之成为"主观"的代名词，与代表客观的"境"成为相对原质，这是西方哲学二元对立思维对他产生的影响，使他从哲学的高度来认识文学。在《文学小言》第四则中他说："文学中有二原质焉：曰景，曰情。前者以描写自然及人生之

---

① 王国维.人间词话［M］.北京：中国人民大学出版社，2011：43.

事实为主，后者则吾人对此种事实之精神的态度也。故前者客观的，后者主观的也；前者知识的，后者感情的也。……要之，文学者，不外知识与感情交代之结果而已。苟无锐敏之知识与深邃之感情者，不足与于文学之事。"①可见，王国维已经具有国际视野，开始用西方的哲学思维来研究中国文学，成为中西比较诗学的先驱。如果说王国维意境论中的"意"有外来思想的因素，那么"境"更多是对传统文论的继承与发扬。他对"境"进行了界定："境非独为景物也，喜怒哀乐亦人心中之一境界。故能写真景物、真感情者，谓之有境界。否则谓之无境界。"②在词论中，王国维更喜欢用"境界"一词。他在《人间词话》定稿第一则中说："词以境界为上。有境界则自成高格，自有名句。五代、北宋之词所以独绝者在此。"③对"境界"，王国维提出了自己的几个观点：境界分为大小和深浅，各有情趣，不分优劣；境界分有我之境和无我之境，无我之境为上；有造境和写境，为浪漫与写实两种手法。王国维在继承中国传统理论的基础上，运用西方的观念和方法，有创造性地对中国文学进行着实的批评，把意境论发展到新的高度，也成为后来者研究鉴赏诗词主要理论依据。意境论认为"意境"绝不是"意"与"景"的简单组合，而是作者的主观情意与客观物境互相交融而成的艺术境界。

意境论已成为中国文学最高审美范式，有无意境、意境之深浅成为中国诗歌评价的标准。

在浪漫主义时期的英国，柯勒律治把在德国广泛流行的"有机"思想引进英国，形成独特的以植物的生长为喻的有机整体理论。他从有机主义美学视角来研究莎士比亚戏剧，并取得巨大的成功，诠释了莎士比亚天才的原因，扭转了莎士比亚研究的新古典主义倾向，使人们更加客观地看待

---

① 王国维.人间词话［M］.北京：中国人民大学出版社，2011：127.
② 王国维.人间词话［M］.北京：中国人民大学出版社，2011：3.
③ 王国维.人间词话［M］.北京：中国人民大学出版社，2011：1.

莎士比亚的戏剧。他从创作心理学的角度，阐明了一部文学作品有机整体性的形成要归功于"想象"的神奇的综合能力，找到有机整体的形成内在原因。他在《文学生涯》中由衷地赞叹："理想中完美的诗人能将人的全部灵魂带动起来，使它的各种能力按照相对的价值和地位彼此从属。他的身上会散发出统一性的色调和精神，能借助那种善于综合的神奇力量，使它们彼此混合或融化为一体。这种力量我专门用了'想象'这个名字来称呼。这种力量，首先为意志与理解力所推动，受着它们温和而难于察觉且不放松的控制，在使对立的、不调和的性质达到平衡或变得和谐中来显示自己：……"①柯勒律治强调"想象"是诗的灵魂并贯穿其中，想象是有机整体构成的缘由，能使对立的、不调和的事物变得和谐。柯勒律治突破了亚里士多德的情节中心论，强调了想象的神奇作用，这就是对作者极大的重视和发现，改变了传统的戏剧观。柯勒律治在研究莎士比亚戏剧的基础上，又结合当时浪漫主义诗歌的创作经验，使有机整体论成熟起来：一部优秀的文学作品就像一棵有机的花草，是从心灵的种子发展而成的；它在成长过程中受到空气、土壤、阳光等影响；整体大于部分之和，部分因整体存在而存在，部分与部分之间相互支持与说明。

意境论与有机整体论的形成终于结束了两种理论长期零散的研究状态，形成了较为理想的理论体系。两种理论的最终形成有很多相似之处：总结前人理论；大量研究作品；结合自己创作经验；均受国外哲学影响；用于批评实践；均有局限等。这或许也是任何一种理论形成的必由之路。

三 意境论与有机整体论的影响

意境论与有机整体论的研究虽已成熟，然而它们后来的命运是大不一样的。意境论，尤其在二十世纪朱光潜、宗白华等大学者的进一步完善

---

① M.H.艾布拉姆斯.镜与灯［M］.郦稚牛，张照进，童庆生，译.北京：北京大学出版社，2004：139.

下，在中国已成为古典诗学研究的最高范式和美学标准，并已升华到哲学和美学的研究领域，成为多种艺术共同标准和范式。然而有机整体论就没有这样幸运了，在柯勒律治时代就没有产生很大的影响，影响最大的还是新古典主义批评。直到十九世纪、二十世纪结构主义和新批评的兴起，有机整体论才又得到重视，并焕发了生机。美国新批评派著名文学批评家布鲁克斯和沃伦等继承了有机整体论文学批评思想，他们把诗歌当作一个有机整体来研究。布鲁克斯在《理解诗歌》中认为："构成诗的韵律、比喻性的语言和思想等各种成分之间的关系是整体性的；不是机械性的，而是更加亲密和根本性的，就好像有生机的花草，而不能是一些想当然的有诗意的东西堆积，或隐藏着真理或情感的盒子，更绝非是用砖、钢筋、水泥等东西砌成的墙。"[1]布鲁克斯把有机整体论文学批评思想运用到诗歌的研究中，使其研究范畴扩大到诗歌的领域，成为戏剧和诗歌共有的研究范式。意境论与有机整体论的交集就是对诗歌的研究。这也是意境论与有机整体论比较研究的意义所在，即尝试用意境论来研究西方诗歌，用有机整体论来研究中国的戏剧和诗词，对戏剧和诗歌的研究做出贡献。

（原载于《学理论》2015年05期）

对《蝇王》中象征意蕴的探讨

英国当代批评家弗·雷·利维斯在他的批评名著《伟大的传统》中，对英国的小说进行了梳理，阐明了英国小说传统之伟大所在："伟大的传统"不仅是文学传统，更是一种道德关怀。简·奥斯丁、乔治·艾略特、

---

[1] Cleanth Brooks, Robert Penn Warren. *Understanding Poetry* [M] . Beijing: Foreign Language Teaching and Research Press, 2004.

亨利·詹姆斯、约瑟夫·康拉德等作家构成了利维斯批评的中间人物，利维斯从他们作品中发现了一脉相承的传统，并且深刻地认识到，不论是文学形式技巧还是深刻的心理分析，只有服务于道德关怀才有意义。可见，在利维斯的批评思想中，道德的关怀才是文学作品中最有价值的东西，这也是他评价一部小说伟大与否的重要批评标准。韦勒克也指出，对文学价值的判断是研究文学的重要意义所在，他说："艺术作品是一个由各种价值构成的整体，这些价值并不依附于结构，而是构成结构的真正本质。一切试图从文学中抽取价值的努力都已告失败并且将来也会失败，因为价值恰好就是文学本质。"①

可惜的是，《蝇王》在1983年获诺贝尔文学奖时，利维斯已过世六年了。戈尔丁的《蝇王》是一部再现英国伟大传统的典范著作，具体表现为对人性善恶与文明关系的反思，表现出对道德的深切关怀。从小说的字里行间能体悟到戈尔丁对人性的看法，正如戈尔丁自己所说："经历那些岁月的人如果还不了解，'恶'出于人犹如'蜜'产于蜂，那他不是瞎了眼，就是脑子出了毛病。"②戈尔丁认为人的恶源于人的本性，当人类脱离了道德、法律等所谓文明的限制时，恶的本性必然膨胀，他的深切体验无疑源于他参加第二次世界大战的亲身经历。这场残酷的战争在成千上万善良人们的心灵里留下了无法抹去的阴影，人们反思着这场惨绝人寰的战争。《蝇王》就表达了戈尔丁对人性恶、文明脆弱、社会危机的严肃思考和深切的忧虑。人们总是关注文明如何战胜野蛮，而戈尔丁强调的是"人心如此黑暗"和"文明如此脆弱"。他说外部强加于人的制度与秩序都是暂时的，而人的非理性和破坏欲望却是永恒的。一旦外在的社会道德的约束被取消了，人类将坠入何等黑暗的地狱之中。我们只有对《蝇王》进行文本细

---

① 雷纳·韦勒克.批评的概念［M］.张今言，译.杭州：中国美术学院出版社，1999：48.

② 戈尔丁.蝇王［M］.龚志成，译.上海：上海译文出版社，2006：8.

读，探讨文本中的象征意蕴，才能体味到戈尔丁内心深深的忧患意识。

《蝇王》充分显示了寓言体小说的特点，小说主人公的选择、人物形象的描写、故事情节的设置以及细节的安排等都充满了象征的意蕴，给人深刻思考与想象的空间。

小说的主人公是一群小孩子。把这样沉重的主题加在一群孩子身上，似乎有点残酷，让人不舒服，但这只是故事的表面，有深刻的象征意蕴。其一，孩子是天真无邪的，受到的社会、道德、伦理的束缚比成人要少得多，当他们没有这些束缚后，更容易表现出人的本性来，没有过多的顾虑和思考。其二，孩子的小世界象征着成人的世界，因为孩子在荒岛上的所作所为，都是我们成人所做的。孩子与成人虽有年龄和思想上的不同，但在人的本性上是一致的。恶是人的天性，潜伏在人的灵魂深处，与外界的因素有直接的关系。可见孩子与成人在人的本性上是一致的，选择孩子来做主人公更说明了我们的成人世界其实也是不成熟的，人性的恶并没有被社会的、道德的、伦理的束缚所征服，而是表现得凶猛、可怕，让文明变得脆弱、可怜。其三，孩子们作为主人公，为他们最终获救埋下伏笔，也暗示了我们这个世界最终会被拯救，那么拯救我们的是超现实的吗？当然不是，那只能是我们自身固有的那种至死不屈的与恶抗争的精神，只有这种抗争才能解救我们人类，才能战胜恶。以孩子们为主人公表现了作者的一种自我救赎的夙愿，我们可以看出其象征意蕴，让人玩味无穷，更让深思。

人物形象也有各自的象征意义。拉尔夫是良知、正直、诚实与勇敢的化身，是文明的代表，是抗争人性恶与自我救赎的典型。小说自始至终都描绘了拉尔夫为使全体"孩子"如何获救而保持火堆，这充分说明他想救孩子们，但因此而与以杰克为代表的另一集团展开了殊死搏斗，只剩他自己一人也决不投降，直到被英国舰队拯救。他宣讲文明、维护秩序、讲究民主、维持正义，是人性中文明和善良的代表，他所做的就是拯救大家，作者在他身上寄托着人类全部希望。猪崽子是小说中另一重要人物。他是拉尔夫的军师，他懂得知识，会分析时政，出谋划策，有时胆小怕事，被人嘲笑。他是智慧的代表、理性的化身。西蒙则是小说中先知先觉者。他勇于探索事实的真相，具有前瞻意识和献身精神。猪崽子与西蒙是拉尔夫文明集团中不可或缺的人物，也是人类历史发展中不可缺少的人物，两者最终都牺牲在与恶的斗争中。这也说明恶在这场战争中势力之大，文明、正义想要取得胜利，必须付出极大的代价。杰克则富有魔鬼气息，是"人性恶"的典型代表，是人类大灾难的始作俑者。他贪婪、好玩，没有远见，只管眼前满足，心狠手辣，为达目的不择手段。他更会笼络人心，让更多孩子狂热地崇拜他，为他的意识卖命。罗杰则是十足的帮凶、刽子手。孩子的形象实则是大人形象的象征，人在失去外在道德、伦理、法律等束缚后，更能体现出人的本性来。

除了人物象征意蕴丰富外，小说还重点写出了人类所使用的工具。海螺象征着民主、权威和秩序，持着海螺的人才有说话权，吹响海螺的地方则是开会议事的地方，这是一种文明秩序的象征；眼镜是科技的象征，它既可为人类做出贡献，也可以给人类带来灾难。"蝇王"也有深刻含义，象征人心的黑暗。"蝇王"源出希腊语即"苍蝇之王"，在《圣经》中被当作"万恶之首"，在英语中是粪便和污物之王，是丑恶的同名词。小说的命名，似取兽性战胜了人性。孩子们害怕莫须有的野兽，到头来真正的野兽却是潜伏在人性中的恶。

小说故事情节的象征具有很强的现实性和针对性。小说的主要情节是以拉夫尔为首的文明集团逐渐被野蛮集团击垮的过程。这个过程中，拉夫尔集团中的大部分孩子在杰克诱惑逼迫下投靠了杰克，只剩下拉夫尔、猪崽子、西蒙等精英人物坚持抵抗。西蒙、猪崽子被害死后，只剩杰克一人孤军奋战，逃亡，但没有投降，直到最危难时刻被英国军舰拯救。这个故事似乎就是人类发展史上原始野蛮（人性恶）无数次击溃文明在当今的再现。人性恶并没有随着文明的提高而消失，反而是愈来愈野蛮可怕。这个故事情节似乎也在象征法西斯军队在军事势力最膨胀的时候，人类所创造的高度的文明是那么不堪一击。欧洲大部分国家纷纷投降，就在野蛮扫荡欧洲的时候，英国抵抗着，最后英国军舰的拯救似乎暗含了上述的含义。我们不能排除戈尔丁对战胜法西斯的个人偏见，但整部小说给人的印象却是那人性恶的可憎和文明的可怜。让人们去思考的不是反法西斯胜利，而是人性恶的再生。它就像恶性肿瘤，一旦扩散，让人们无法抑制。戈尔丁似乎寓言了将来核战争的恐怖，而根据他的人性恶的观念，这又是人类不可避免的灾难。他深受战争之害，作为一名有良知的作家，他对人类的未来充满了无限忧虑。虽然在小说中人类最终是被拯救，那恐怕也是一种理想。在未来真正的核战争中，恐怕就不会有什么英国军舰的身影了，因为那时人类将会毁灭自己，毁灭人类自己的实际上是人性中的恶。

这种深刻的忧虑也深深地体现在小说的细节安排中。在杰克出场的那一幕，作者描绘了唱诗班的每个男孩黑色宗教的装束，尤其是左胸前还佩着一个长长的、银色的十字架。这样设置无疑让人们领悟到基督文明在失去心灵的十字架后，面对野蛮显得多么脆弱。人们在对抗野蛮的历史上发明宗教，宗教也一定程度上束缚了人类的野蛮，然后野蛮没有因为宗教而改变本质，反而变本加厉。仅仅半个世纪就经历了两次世界大战的欧洲人们开始彷徨，痛苦，重新思考理性与文明，对非理性的研究与重视成为战后一股重要的思想。尼采很早就对世人宣称：上帝死了！海德格尔、德里达、福柯和拉康等人吹响了反理性主义的号角。作者还花了很多笔墨描绘杰克（野蛮、邪恶）是如何战胜拉尔夫（文明、秩序）的细节。在这过程中，杰克恶的本性得到了充分的展示。他妒忌，想得到拉尔夫那样的荣耀，于是处处与拉尔夫作对，拉拢孩子跟他去打猎，而置救命的火堆于不顾。他为了树立自己的权威，施舍猪肉给孩子们，满足他们贪吃好玩的心理，涂花脸，留长发，还用跳狩猎舞来娱乐，总之，杰克用满足孩子官能需要来拉拢诱惑孩子们。孩子们得到满足后，必然跟随他、服从他、崇拜他，为他的权利意识卖命。这种狂热的个人崇拜使双方的力量对比悬殊，只剩下人类精英们去对抗这种人性恶。恶就在这样的对抗中膨胀着。可见狂热的个人崇拜会让人们失去正确的判断能力，失去善恶的标准，使人们成为为恶的工具。就是因为这些人成为帮凶，才酿成人类历史上一次又一次惨剧。这样有象征意蕴的细节在小说中还有很多，只要我们认真品读便会发现。

戈尔丁在整体上继承了英国小说的伟大传统，即对人性、道德的关怀，别开生面之处在他用孩子们当小说的主人公，这使得小说的象征意蕴更加引人注目与深思，文明的藩篱也难以抵挡性恶之洪流，戈尔丁无疑给人以巨大的警示。

艺术与生活：论伍尔夫的小说批评思想

中文摘要：弗吉尼亚·伍尔夫不仅是出色的意识流小说家，还是小说理论家和批评家。她有很多关于小说的随笔文集，这些文集里散现着伍尔夫关于小说的批评思想，其中"考察生活与艺术之间的平衡程度"是其最重要的思想，对现代主义文学产生了深远的影响。

关键词：伍尔夫　批评思想　有机整体

弗吉尼亚·伍尔夫是英国当代著名的小说家，以《墙上的斑点》（*The Mark on the Wall*）、《达洛维夫人》（*Mrs. Dalloway*）、《到灯塔去》（*To the Lighthouse*）与《波浪》（*The Waves*）等意识流小说奠定了她在英国乃至世界文学史上的特殊地位，即现代小说先驱。这是我们所熟知的小说家伍尔夫。同时，伍尔夫是一个卓越的小说理论家和批评家。她曾计划写一部关于小说理论的书，她说："一共写六章。不妨以我的思想为每一章的标题，例如，象征主义、上帝、自然、情节、人物对话。"①遗憾的是，这个计划未能如愿，可让人感到欣慰的是，她给后人留下了大量的随笔，如《普通读者》《普通读者Ⅱ》《一间自己的房间》《瞬间》《船长弥留之际》《现代作家》《花岗岩与彩虹》《飞蛾之死》。这些文集里散现着伍尔夫小说的批评思想，它们建立在自己对写作实践的感悟、带有实验性质的小说理论以及大量的小说实践批评的基础之上。本篇在梳理伍尔夫及其研究者的理论的基础上，明确了考察"生活与艺术之间的平衡程度"是伍尔夫最重要的小说批评思想。在西方文学批评史上，多数批评家把伍尔夫归于印象式批评一派。因这类批评的内涵、方法和价值很少得到总结，所以以理论批评（theoretical criticism）为主流的西方二十世纪文学批评对伍尔夫这类注重实践批评（pratical criticism）的批评家有些不屑一顾。然而批评到底是为一己之理论自圆，还是深悟作品之真谛，现已存疑。因此，对伍尔夫这样有天赋的实践批评家的研究就变得有意义了。

一　创作感悟

在写作实践中，伍尔夫明确地表现出对现实、真实和生活的态度。她强调的不是客观世界，而是人们对客观世界的主观印象和感受。她还认为小说不是复制现实，而是表现现实的一个方面，表现变化多端、不可名状、难以界说的内在精神。在她看来，真实不包含在显而易见的表面性的事物中，而是包含在暗示的隐蔽的东西里；真实就是瞬间的印象，以及对过去的回忆，是"把一天的日子剥去外皮后剩下的东西"。她认为生活就是心灵接纳的成千上万的印象，是"与我们的意识相始终的、包含着我们的一个半透明的封套"。关于现实、真实和生活的观念使伍尔夫意识到现代生活的复杂性和生活对于小说家的欺骗性和危险性。同时，伍尔夫也意识到表现复杂的现代生活传统的艺术形式已经远远滞后，艺术与生活严重

---

① 申丹.英美小说叙事理论研究［M］.北京：北京大学出版社，2005：192.

失衡。传统的艺术方法主要就是十九世纪以现实主义描写为主流的表现方法。为了能够达到艺术与生活的平衡,伍尔夫铤而走险,大胆实验,侧重表现人物真实的内心感受,而不重视情节、背景等传统小说的规则,带着实验和创新的风险,提倡"精神主义",来拯救流于"物质主义"的英国小说。她在探索中,边写边悟。不满意用传统方法创作的《出航》和《黑夜和白天》,她就开始了新的探索,注重人物的内心感受,注重发生在人物头脑里的东西,强调思想和感情,而非对话和行动,并把人物的意识流以诗歌的节奏运用到小说中。不久,第一篇实验作品《墙上的斑点》诞生,此短篇取得成功。据此,伍尔夫做出总结:意识流的方法和目的是接近人物内心活动的本质,反映真实的生活。她又开始用新方法创作长篇《雅各布的房间》,以回忆、印象和场景的交换反映人物的内心世界,带有明显的印象主义特征,并有一些多余的事件、思想和谈话的片段以及作者的印象,这妨碍了小说的有机性。她带着修正和改正的心情,终于成功地创作了长篇《达洛维夫人》。该小说的价值不在情节本身,而在于艺术的创新性,运用意识流手法将所有情节压缩在女主人公生活的一天之内,空间上只用了伦敦一地,达到时间和地点上整一,但是所表现的生活却跨越三十年;用人物感情上的联系取代了传统小说中的情节,感情上限于达洛维夫人与几人的关系。她倾心写作的《到灯塔去》以到灯塔去为中心线索,写了拉姆齐一家人和几位客人在第一次世界大战前后的生活片段。小说并没有曲折离奇的故事情节,也没有生动感人的人物描写,有的只是对人物内心和感受捕捉,对人物意识流的呈现。她放弃了小说过于琐碎的描述生活细节和外表的"物质主义",而是把小说的内容伸向了精神层面。在这部小说中,伍尔夫把意识流的这种创作方法作为艺术表现生活的技巧,发挥得淋漓尽致。伍尔夫力图用自己的意识流创作新艺术形式,来表现她所认为的真实的生活内容,其目的无非是使艺术真实地反映人的生活,达到一种平衡。

二 理论主张

伍尔夫的小说理论主要体现在她的《论现代小说》《班奈特先生和勃朗太太》等几篇论文中。在这些论文中，伍尔夫基本阐明了关于小说创作的理论。她认为艺术是一个有机整体，要求内容与形式上要平衡，批评传统小说创作方法已经不能真实准确地反映她所谓的"生活"，艺术与生活失衡，并提出了现代主义小说的写作技巧。

《现代小说》可以说是她写作立场的宣言书，表明了她创作的基本观点，正式开始新创作方法的实验，即意识流技巧的实验。在这篇论文中，她对英国当时的贝内特、威尔斯和高尔斯华绥三位"物质主义"作家进行了批判，进而提出了现代小说家的任务："仔细观察一下一个普通日子里一个普通人的头脑吧。头脑接受着千千万万个印象——细小的、奇异的、倏然而逝的，或者是用锋利的钢刀刻下来的。这些印象来自四面八方，宛若一阵阵不断坠落的无数微尘；当它们降落，当它们构成星期一或星期二生活的时候，着重点所在和从前不同了，要紧的关键换了地方。这一来，如果作家是个自由人而不是奴隶，如果他能写他想写的而不是写他必须写的，如果他的作品能依据他的切身感受而不是依据老框框，结果就会没有情节，没有喜剧，没有悲剧，没有已成俗套的爱情穿插或是最终结局，也许没有一颗纽扣钉够得上邦德街裁缝的标准。生活并不是一连串左右对称的马车车灯，生活是一圈光晕，一个始终包围我们意识的半透明层。传达这变化万端的，这尚欠认识、尚欠探讨的根本精神，不管它的表现会多么脱离常轨、错综复杂，而且如实传达，可能不羼入它本身之外的、非其固有的东西，难道不正是小说家的任务吗？"①从此段论述中，我们可以窥出伍尔夫的艺术观、生活观。在她的艺术世界里，生活并非是客观世界，而是客观世界在普通人头脑里的印象和感受，所以艺术真正要反映的并不

---

① 李乃坤.伍尔夫作品精粹［M］.石家庄：河北教育出版社，1990：338.

是客观世界而是人的主观感受。她还用了形象的比喻和对比来说明生活是杂乱无章、看不清楚和变化不定的，并且始终左右我们的头脑。作家只能依据切身感受如实地进行创作，表现生活的变化万端、错综复杂的根本精神，这也正是伍尔夫所期待的现代作家的任务。接着她挖苦了一些小说家只重有趣的故事、突出烦琐的外界事物、热衷物质的东西；肯定乔伊斯的写作技巧，强调艺术应当表现人的内心火焰的闪光；对英国小说和俄国小说进行了对比，肯定了俄国小说重视灵魂和心灵，而英国小说却远没有达到这样的深度，只停留在"物质主义"层面。论文最后号召："世界是广袤无垠的，而除了虚伪和做作外，没有任何东西——没有一种方式，没有一种实验，甚至是最想入非非的实验——是禁忌的。"[1]

《班奈特先生和勃朗太太》主要讨论了小说中人物塑造的问题。她认为小说最重要的任务就是塑造人物，塑造人物的首要任务是判断性格，其次是抓住人物性格随时代的改变而改变。这一切是因为"性格具有耐久的吸引力"。为了讲清性格，伍尔夫在这篇文章中虚构了一次坐火车旅行时遇到了一位叫勃朗太太的情景，并且想象英国作家、法国作家和俄国作家怎样描写这位勃朗太太。"英国作家只会把老太太变成一个'人物'，突出描写她的古怪穿戴和举止，她身上的口子和额头的皱纹，头发上的丝带和脸上的粉刺，她的个性统领着全书。法国作家要把这些都抹掉，宁可牺牲掉勃朗太太个人，为的是对整个人类发表一般感想，创作一个抽象的、合乎比例的、和谐的整体。俄国人则会穿过肉体，显示灵魂，在滑铁卢的大街上游荡，向生活提出一个巨大问题，直到合上书，它的回声还不断在耳边萦绕。"[2]伍尔夫对英国作家太注重描写勃朗太太的外在最为不满。想象完三国的作家创作之后，伍尔夫又让贝内特、威尔斯和高尔斯华绥三位作家与勃朗太太同一车厢，然后去想象他们各自创作情景。那么威尔斯立刻会

---

① 李乃坤.伍尔夫作品精粹［M］.石家庄：河北教育出版社，1990：343.

② 李乃坤.伍尔夫作品精粹［M］.石家庄：河北教育出版社，1990：350.

刻画出一个乌托邦的社会来，里面根本找不到一个衣服破旧、个子矮小、愁眉苦脸的勃朗太太。高尔斯华绥根本没费时间去看勃朗太太，而是义愤填膺、手握证据地向工业文明控诉，他会把勃朗太太看作一个被车轮压碎抛到一边去的陶罐。只有贝内特先生的眼光没有离开车厢，他会详细地注视每一个细节，车厢里的广告、风景画，甚至会观察到左手手套的大拇指是刚换的……他这样对周围事物极其详尽地刻画，然而就是没看见勃朗太太整个人坐在车厢一角。这三位作家一个看乌托邦、一个看工厂、一个看车厢的陈设和设施，就是不看勃朗太太本人，不看生活，不看人性。但勃朗太太所说的话、所做的事、她的鼻子和眼睛以及她的沉默都具有一种压倒一切的吸引力，因为她就是我们借以生活的精神，就是生命本身。而我们的"物质主义"作家们却无视人物性格本身，还按部就班、毫不吝惜地描写周围的一切，没有注意到人与人之间的一切关系——主仆之间、夫妇之间、父子之间——都变了。人之间的关系一变，宗教、政治、文学也要变。如果作家们抓住传统艺术规范和工具不放，这样刻画人物的方法就无法表现出那个时代——1910年12月以后——的人性了。

《狭窄的艺术之桥》一文也论述了时代变了，过去的文学传统不能适应今日的现实生活。诗歌作为表达情感的方式变得狭窄了，传统的小说形式也不够用了，作者认为一种新形式的小说——具有许多诗歌特征和戏剧属性的散文小说——应能表达现代人的内心世界。《小说艺术》这篇论文批评了福斯特在《小说面面观》中将生活视为批评标准的观点，呼吁文学创作和批评应抛开根深蒂固的模仿理念，让作品成为真正的艺术品。可见，在小说创作的理论上，伍尔夫强调生活与内容要平衡，用新的艺术形式去反映现在复杂的生活。

三　实践批评

在写作实践和写作理论的基础上，考察"生活与艺术之间的平衡程度"成了伍尔夫最主要的批评思想，她对大量作家的实践批评都以这种批评思想为基础。韦勒克在《现代文学批评史》中评论伍尔夫说："生活与艺术之间的这种平衡是否达到了？是否有所偏废而失去平衡？弗吉尼亚·伍尔夫关于小说家的大量评论都是基于对上述问题的回答。"[①]

作家离不开生活，就像鱼儿离不开水。关于作家与生活的关系，伍尔夫在《生活与小说家》中提出："生活始终在尖声地吵闹地申辩，说她是小说的恰当目的，而且作家看到的生活越多，掌握得越多，他的书就会越好。然而，生活却没有补充说，她是明显的不纯洁，而且对小说家来说，她最突出夸耀的那一面，却往往什么价值也没有。外表和运动是生活拖在后面的魅力，引诱着作家去追求她，就好像外表和运动是她的本质，而且作家抓住外表和运动也就达到了目的似的。作家信以为真，也就狂热地匆匆跟在她的后面，弄清楚在大使馆里跳的是何种舞步，在邦德街上人们穿的是何种裙子……作家主要关注的就是，所描述出来的事情一定是刚刚从蛋壳里孵出来的，头上还有绒毛。"殷企平在《英国小说批评史》中总结说："在《生活与小说家》一文中，伍尔夫明确提出，生活是'小说恰当的目的'。这一观点构成了她的理论基石。"[②]据此，殷企平提出了"伍尔夫的生活决定论"的观点。在伍尔夫看来，生活本来就是变动不居的，小说的体裁特性又使小说家比其他艺术家更容易受生活潮流的影响。生活本身杂乱无章的特点就决定了生活不可能是小说的恰当目的。伍尔夫说："小说家——这是他的特点，也是他的危险——必然完全置身于生活之中。其他艺术家至少能部分隐退；他们一连几个星期独自关在屋内，与之陪伴的只有一盘苹果和一套颜料，或是一卷乐谱和一架钢琴。当他们出现在别人面前时，他们往往只是为了暂时忘却自己的艺术，或是为了分散一下自己的注意力。然而，小说家永远不会忘却自己的艺术，并且很少会分散自己的

① 雷纳·韦勒克.近代文学批评史（Ⅴ）[M].杨自伍，译.上海：上海译文出版社，1987：125.

② 殷企平.英国小说批评史[M].上海：上海外语教育出版社，2001：180.

注意力。他可能会为自己斟满酒、点上烟，也可能会尽情参与各种餐会和交谈，但是，始终保持这样一种感觉，即他的艺术题材无时无刻地刺激着他，作用于他。……他无法停止接受来自周围世界的印象，就像大海中鱼儿无法阻止水流冲击自己的鳃一样。"①小说家就像一个冒险家，不可避免地受到生活潮流的冲击，小说内容也不可避免地受到生活的影响，重要的是，小说家不能被生活的外表和运动所迷惑，流于记录生活的物质层面。如果小说只流于对生活外表和运动的描述，即流于物质的话，那么生活与艺术之间无法达到平衡，小说艺术只是生活的简单记录员，小说艺术与生活真正的平衡需小说家展开丰富的艺术想象。

伍尔夫十分重视小说的艺术形式。小说作为寄生物来论述，它从生活中汲取养分，必须想象生活以示回报，否则就会丧生。小说不仅来源于生活，而且必须通过"想象"生活来回报生活。想象生活就要讲求艺术形式。她在一则日记中写道："我要说的是，小说的创作必须具备形式之美。我们必须尊重艺术。……如果允许小说没有章法，那就是一种狂妄的做法，我对此很不赞赏。"②她在给友人的信中写道："生活虽然杂乱无章，但是小说通过一定的形式使它整体、有序。"因此，应该使小说具有某种图式，把它置于某种形式的控制之下。这样做一部分的原因在于逻辑规律，即小说的各个部分之间必须紧密相连，因为小说形式中每一部分的魅力来自它与其他部分的关系。很显然，与詹姆斯、卢伯克、福斯特一样，伍尔夫继承了亚里士多德提倡的艺术有机论思想。不过需要指出的是，伍尔夫的"形式"不单指作为表述内容载体的形式，在很大程度上，指小说主题（内容）与表述方式相吻合的对应关系。伍尔夫对"形式"进行了界定：当我们谈论形式时，是指被置于正确关系之中的某些情感；只有这样，小说家才能用继承的、改进或创新的模式、技巧使情感内容得以展现，并实

---

① Mitchell Leaska. *Granite and Rainbow* ［M］. London: The Hogarth Press, 1958：46.

② 申丹.英美小说叙事理论研究［M］.北京：北京大学出版社，2005：193.

现自身的目的。而且，读者也能发现这些技巧，加深对作品的了解；同时，小说也不会显得混乱；随着小说家对小说技巧的探索、完善，小说也会变得更加美观。小说是在阅读过程中构成的，重要的不是你所看到的形式，而是你所感受到的情感。伍尔夫也承认，除了情感还有某种东西，虽然由情感所唤起，却使情感平静，得到梳理，而且把某些情感置于恰当的相互关系之中，这种东西她不想称之为形式，而乐意称之为艺术。所以，伍尔夫所认为的艺术形式其实包含丰富的内容，并不单单是小说的形式技巧，而是一种情感与形式结合在一起的一种状态。

她在《普通读者》和《普通读者Ⅱ》中对英国和外国小说家进行了探讨，把笛福、莫泊桑和特罗洛普归结为讲"真人真事的作者"；把司各特、桑斯蒂文森等归于浪漫类作者；把狄更斯、简·奥斯丁、乔治·艾略特归于偏好描写性格和戏剧的作者；把亨利·詹姆斯、普鲁斯特、陀思妥耶夫斯基归为描写心理的作者；把托尔斯泰、艾米莉·勃朗特、麦尔维尔归为诗境作家。在归类和总结中，伍尔夫认为模仿是不可避免的，小说是全面如实地记载某个现实人物的唯一艺术形式，小说给读者的感受与读者在生活中的感受应该相同。伟大小说家的主要成就在于通过艺术反映的生活与风格、布局和结构等艺术形式之间达到平衡，太忠实于描写生活繁缛细节的小说一直就是伍尔夫所极力反对的，并称之为"物质小说"。

伍尔夫认为："伟大的小说家将生活的一个缩影和一份总结同时给予我们，其主要成就就在于'使我们贴近生活的艺术功力'与'风格、布局、结构之间的平衡'"。① 由此可见，伍尔夫既重生活内容又重艺术形式，考察"生活与艺术之间的平衡程度"是伍尔夫的重要批评思想。

（原载于《阴山学刊》2011年02期）

---

① 雷纳·韦勒克.近代文学批评史（Ⅴ）［M］.杨自伍，译.上海：上海译文出版社，1987：124.

哈姆雷特形象新解

内容摘要：几个世纪来，哈姆雷特被认为是"延宕王子"，是思想巨人、行动的矮子，然而细读文本就会发现，哈姆雷特也是行动巨人。

关键词：哈姆雷特　延宕王子　形象新解

自《哈姆雷特》1602年上演以来，对其的研究评论就没有停止过，其中对主人公哈姆雷特的研究更是层出不穷，研究资料浩如烟海。人们将大量的研究集中于主人公的沉思和忧郁的性格，甚至将哈姆雷特从这部戏剧中抽取出来使其成为独立存在，而忽视了《哈姆雷特》整部戏的有机整体性。传统的观点从亚里士多德的"行动中心论"出发，认为哈姆雷特在复仇行动中拖延和犹豫，想得多做得少，所以得出哈姆雷特是"延宕王子"的结论。威廉·赫士列特："他的兴致在于思索而不是行动，任何模糊的借口都会立刻令他改变行动的初衷。"①施莱格尔及柯勒律治认为，哈姆雷特的延宕是耽于沉思的本性面对棘手的现实所做出的正常反应。我国高校教材《外国文学史》中也借鉴西方的观点，把哈姆雷特定性为"思想的巨人""行动的矮子"，并进一步解释说："行动上的延宕不仅是找不到复仇方法时产生的矛盾和心理，而且是他感悟到人的渺小、不完美、人生虚无时的那迷茫与忧郁的心理的象征表述。"②以上观点认为哈姆雷特在行动上是延宕的，是矮子，哈姆雷特深沉的思想和忧郁的性格无疑是大家讨论研究最多的原因。这种独立于戏剧整体而做的分析虽有合理的成分，但过于理

---

① 张泗洋.莎士比亚大辞典［M］.北京：商务印书馆，2001：389.

② 郑克鲁.外国文学史［M］.北京：高等教育出版社，2006：98.

想化。细读作品我们会发现，在这五幕戏中，充满了哈姆雷特的行动。哈姆雷特的延宕行动也是莎士比亚有意而为之的，我们研究时不应忽视对莎士比亚创作心理的研究。"延宕"之词源于哈姆雷特自己，是他痛骂自己未能即刻复仇的急切心理的反映。

一

人们在研究哈姆雷特时，更多注意的是他的思想和性格，而对其行动缺乏具体的分析，细读作品你会发现哈姆雷特时时在行动。

行动之一，勇见鬼魂。戏剧在阴森可怕的氛围中开始，城堡露台的守卫者们内心充满了极大的恐惧，因为老国王的灵魂出现在半夜时分的露台上。当哈姆雷特得知自己父亲的鬼魂出现在露台后，便决定去会见鬼魂，还与鬼魂单独交谈。在人们相信鬼神的年代，这无疑是一个很勇敢的举动。

行动之二，立发三誓言。在得知鬼魂所说之后，哈姆雷特立即发了三个誓言：发誓为父复仇；让今晚得知此事之人发誓不得向任何人说这件事；让今晚之人在以后看到哈姆雷特如果不正常的话请保持沉默。这三誓言可以看出哈姆雷特是很理性的、机智的，他似乎做好了装疯的准备。

行动之三，装疯。装疯是莎士比亚戏剧常用的手法。装疯是很辛苦的：外貌、言行要作践自己；在走廊里有时一走就是好几个小时；看见人又要还说疯话。但装疯是一个明智的选择。可以有时间来证实鬼魂所说是否属实，因为也有恶灵引诱人犯罪；把自己弱化除了能保全自身之外，还有机会靠近强敌，观察强敌，找出证据。可见哈姆雷特已经跳出中世纪的血型复仇者的局限，向现代迈进一大步。

行动之四，巧演戏中戏。宫中来了一个戏班子，哈姆雷特灵机一动，把鬼魂告诉他叔父毒死父亲的情节加入戏中，演戏中戏，以证明鬼魂所说是否属实，因为在当时人们相信："犯罪的人在看戏的时候，因为台上表演的巧妙,有时会刺激天良,当场供认他们的罪恶。"①这是一场心理战,哈姆雷特胜利了,因为叔父看到这一情节时表现极其异常。证实了鬼魂所说,也坚定了他复仇的决心。

行动之五,放弃杀机。哈姆雷特证实鬼魂所说之后,心情无比愉悦和痛苦,决定杀掉叔父,为父报仇。他在去母亲的寝宫"受罚",路过叔父的房间时,看见叔父跪在地上祈祷和忏悔,哈姆雷特举起了剑,准备这时杀死叔父,可是一想在他祈祷时杀死他,他的灵魂会升入天堂,而自己神圣的父亲却在炼狱受烈火的煎熬。于是哈姆雷特果断地收起了剑,等下一个他为恶时的机会,让他的灵魂永堕地狱。这表现出哈姆雷特并不是一个鲁莽的复仇者,这一行动意义非凡。

行动之六,误杀大臣。哈姆雷特对母亲是极有成见的,父亲死后还不到两个月,母亲就嫁给叔父,这让他难以忍受,并对女人说了:"脆弱呀,你的名字就是女人。"训斥母亲虽是大逆不道的事情,但是哈姆雷特实在无法忍受内心的痛苦,全都发泄在母亲的身上,吓得母亲大喊救命。这时躲在帷幕后面准备偷听真情的大臣波洛涅斯也大喊,哈姆雷特以为是叔父就一剑刺去,没想到是情人的父亲。其实在理论上哈姆雷特已经完成报仇,只不过杀错了人。

行动之七,智杀同窗,勇返王宫。杀死波洛涅斯后,叔父意识到了自己的危险处境,就用了一个借刀杀人之计,连夜签署公文,第二天天一亮就把哈姆雷特送往英国,并嘱咐英国国王见信杀人。哈姆雷特觉得这封信有问题,就在当夜偷了出来,内容让他大吃一惊。他立即用了调包记让他的两位同学去送死,这两位同学是叔父安排在哈姆雷特身边的奸细。哈姆雷特这样看待同窗的死:"我在良心上没有对不起他们的地方,是他们自己的阿谀谄媚断送了他们的生命。两个强敌猛烈斗争的时候,不自量力的微弱之辈,却去插身在他们的刀剑之间,这样事情是最危险不过的了。"哈姆

---

① 莎士比亚.莎士比亚戏剧选 [M].朱生豪,译.武汉:长江文艺出版社,2008:292.

雷特是清醒的，他认清了他周围的敌人，他的母亲、情人、同学都成了国王的帮凶。哈姆雷特的船只遇到海盗，哈姆雷特跳上了海盗船，勇敢地返回王宫，而不是选择躲避，并勇敢地向叔父写信告之，这个行动极具挑衅性。

行动之八，表露真情。哈姆雷特登陆后遇到了情人奥菲利亚的葬礼，他跳入墓穴表露对奥菲利亚的真情，并说四万个兄弟的爱也不及他一个人对奥菲利亚的爱深。哈姆雷特虽然在向父亲的鬼魂许诺时，承诺忘记脑中关于美好的一切，但是他对奥菲利亚的爱深藏心底，一点都没有放弃，违心地说一些伤害她的话也是出于无奈。

行动之九，怒杀真凶。哈姆雷特意外返回使叔父感到吃惊，并立即与急于为父复仇的雷欧提斯设计了一个阴谋，让他们比剑，让雷欧提斯在比剑用的顿剑中藏一把利剑刺死哈姆雷特。雷欧提斯提出在剑上涂毒药，国王为了万无一失还准备了一杯毒酒，之后就叫人去邀请哈姆雷特与雷欧提斯比剑。哈姆雷特知道这是一个阴谋，但还是接受了挑战。"明知山有虎，偏向虎山行。"他已经把生死看得很轻。比赛开始后雷欧提斯并没有忍心去刺伤哈姆雷特，但是叔父催促他赶快行动，并让哈姆雷特喝一杯酒，但哈姆雷特拒绝喝，要等一等，他的母亲很高兴儿子的表现，替儿子喝了这杯酒。雷欧提斯故意刺伤哈姆雷特，两人在激烈的战斗中把武器都掉在地上。哈姆雷特捡起那把毒剑刺伤了雷欧提斯。这时他母亲不行了，临死时告诉哈姆雷特这杯酒有毒，哈姆雷特让人紧锁大门，找出真凶。这时雷欧提斯良心发现，告诉哈姆雷特一切。哈姆雷特把毒剑刺进了叔父的胸膛，报了大仇，并昭告天下真相，但自己也中毒死去。至此，悲剧中的主要人物哈姆雷特、叔父、母亲、大臣波洛涅斯一家以及哈姆雷特两位同学都已经死去。除了哈姆雷特，他们都是叔父的帮凶，他们的死都与哈姆雷特的复仇行动有关。从昭告天下的细节看，揭露真相一直是哈姆雷特复仇的主要目的之一。

我们没有理由说哈姆雷特只是思想的巨人、行动的矮子，他也是行动的巨人。他并没有延误复仇，而是一直积极行动，寻找机会。利用戏中戏证实鬼魂所说之后，他便开始真的行动起来。

二

　　哈姆雷特的复仇行动并不是莎士比亚改创这部戏的主要目的，而是主要想通过戏剧表现一个内心痛苦的灵魂，但心理活动对戏剧来说是一个巨大的挑战，因为观众只能欣赏人物的谈话，虽然偶尔有旁白、独白，但也会流于表演。《哈姆雷特》的挑战成功了，莎士比亚用成熟的手法表现了充满内心冲突的王子，也探索出一套表现彷徨心态的手法。在莎士比亚之前，哈姆雷特的故事就流传着，也在舞台上演出过，却重在表现血腥的复仇行动，以便吸引人们的眼球。丹麦史学家萨克索在《丹麦史》中记载的主要情节与莎士比亚的大致相同，如弑兄、乱伦、夺位。但也有明显不同之处，如老国王被嫉妒的兄弟（叔父）公开杀死而不是秘密谋杀，原因是王兄虐待温顺的嫂子，而在莎士比亚的戏剧中，老国王与妻子是百般恩爱。新国王唯一的障碍是年幼的侄子哈姆雷特。如果不除掉老国王的儿子，按照基督教引进之前的中世纪的风俗，儿子必须要为父亲复仇。哈姆雷特为了活命只能弱化自己——装疯。莎士比亚的哈姆雷特是成年，而萨克索的哈姆雷特是个年幼的孩子。哈姆雷特机智地躲过新国王的试探，他暗中策划，等待时机。哈姆雷特长大了，他借机烧死了新国王的随从，一剑刺死新国王，报了大仇，称王。莎士比亚笔下的哈姆雷特在报仇之后自己也死了。莎士比亚的剧本始于鬼魂揭示真相之前，止于哈姆雷特完成复仇。他对情节做了重大的改动，从公开的谋杀变为秘密谋杀，只有哈姆雷特一人知道谋杀的真相。这样改动后，悲剧的重心便可放在"最初决心"和血腥复仇行动之间主人公的内心活动上。虽然莎士比亚创作这部戏的主要目的在于表现痛苦与彷徨的心理，但是他没有忽略哈姆雷特行动的描写。英国十八世纪批评家萨缪尔·约翰逊这样认为："全剧中哈姆雷特并不是行动的主宰，而是处处受外界变化的支配。按此剧的安排，哈姆雷特证实了国王的罪行之后并未打算惩治他。最后国王之死也不是哈姆雷特主动安排的行动。"①约翰逊的观点影响了一批人，并认同了哈姆雷特是"行动的矮子"的结论。哈姆雷特在复仇行动中虽有被动之嫌，但难道只有挑起事端的人物才能算作行动主宰者吗？行动的双方都应是行动者。细读文本就会发现，哈姆雷特的行动总是由被动开始主动结束。

三

"延宕王子"几乎成了哈姆雷特的名片，然而细究"延宕说"，其实是源于哈姆雷特的自责，在有两处可见。第一处在第二幕最后一场，哈姆雷特受到伶人的无端感动而责骂自己："一个糊涂透顶的家伙，垂头丧气，一天到晚相似做梦似的，忘了杀父的大仇；虽然一个国王给人家用万恶的手段夺去生命，我却始终哼不出一句话。我是一个懦夫吗？……我是一个没有心肝逆来顺受的懦夫，否则我早已用这奴才的尸肉喂肥了满天盘旋的乌鸦了……我真是一个蠢材！我的亲爱的父亲被人谋杀了，鬼魂都在鞭策我复仇，我这做儿子的却像一个下流的女人一样，只会空言发牢骚……"②第二处在第四幕第四场，他在丹麦原野上看见挪威年轻的王子福丁布拉斯率两千人去攻打一个不毛之地而只能白白丧命，这块土地连埋葬他们都不够。哈姆雷特独白："我所见到、所听到的一切，都好像在对我谴责，鞭策我赶快进行我的蹉跎未就的复仇大愿！……可是我始终不曾在行动上表现出来……真正的伟大并不是轻举妄动，而是在荣誉遭受危险的时候，即使是为了一根稻草之微，也要慷慨力争。可是我的父亲被人家惨杀，我的母亲被人家污辱，我的理智和情感都被这种不共戴天的大仇所激动，我却因循隐忍，一切听其自然……"③从这两大段的独白可以看出，哈姆雷特因为不能立即为父亲复仇而深深地自责和内疚，为自己在复仇行动上的犹豫和

---

① 张泗洋.莎士比亚大辞典［M］.北京：商务印书馆，2001：389.
② 莎士比亚.莎士比亚戏剧选［M］.朱生豪，译.武汉：长江文艺出版社，2008：292.
③ 莎士比亚.莎士比亚戏剧选［M］.朱生豪，译.武汉：长江文艺出版社，2008：323.

延宕极为不满。然而，对人物的评价不能建立在人物自责的基础上，就好比你自己说自己笨别人就跟着评价你真的笨一样，这是不客观的。

（原载于《名作欣赏》2015年06期）

论歌德对普罗普故事结构研究的影响

摘要：关于普罗普故事结构研究的学术思想渊源问题，学界普遍认为主要来源于俄国的历史主义诗学。通过认真研读普罗普的学术著作和论文，笔者认为普罗普早期故事学思想与歌德的有机哲学思想有密切关系。歌德在自然科学和艺术创作上都取得了巨大成就，有机整体论哲学思想就是自然科学和艺术思维的完美结合。这一哲学思想影响了普罗普对民间神奇故事的结构研究，并得出普罗普公式。

关键词：普罗普　故事学　民间文学

雅·弗·普罗普（1895—1970）是二十世纪世界公认的最有影响的俄罗斯人文学者之一，他的研究领域涉及民间故事、史诗、民歌、礼俗、文艺理论等方面。《故事形态学》是他早期在民间故事研究领域最突出的成果，具有极大的学术意义。

关于普罗普故事学早期学术思想渊源问题，学界普遍认为主要来源于俄国的历史主义诗学。亚·尼·维谢洛夫斯基（1838—1906）《历史诗学》中的一些概念，如"情节""母题"被普罗普继承并发展和运用。涅赫留多夫指出《故事形态学》之缘起："自然有其所本的语文学概念系统，维谢洛夫斯基的历史诗学著作在这方面具有优先意义。"[1]贾放认为普罗普故

---

① 普罗普.故事形态学［M］.贾放，译.北京：中华书局，2006：3.

事学理论直接继承发展了维谢洛夫斯基的"情节诗学""历史起源学"和"归纳诗学",并在此基础上开创了"功能诗学"。普罗普自己也肯定地说:"维谢洛夫斯基对故事描述问题言之寥寥,但他所言却有着重大的意义。维谢洛夫斯基将情节理解为母题的综合。一个母题可以归属于不同的情节。"①无疑维谢洛夫斯基的历史诗学是普罗普的学术源头之一;但也有一个不可忽视的事实,普罗普早期的学术思想与歌德有密切的关系,歌德对普罗普的影响主要表现在有机整体论思想、数理科学研究法和形态学三方面。

一　有机整体论思想

如果不刻意研究普罗普学术思想的历史背景,我们也会发现《故事形态学》的序言、第一章、第二章、第八章和第九章的题词都引自歌德作品的原文。《神奇故事的衍化》《神奇故事的结构研究和历史研究》两篇著名的论文中又多次提到歌德对他的影响。在《在1965年春天纪念会上的讲话》以及一些研究普罗普学术思想的文章中我们也不难发现:普罗普有德国的血统,精通德语并阅读了很多德语著作,做过多所学校的德语教师,专题课讨论过歌德的《浮士德》等,贾放在普罗普逝世三十周年的纪念文章《普罗普:传说与真实》中也证实了这一点。这都说明普罗普与歌德都有很深的渊源关系。普罗普与歌德的这种渊源关系除了个人因素外,还与当时俄国众多学者积极向德国学习的时代背景有关。

在1870—1930年,德国成为向世界输出思想的中心。黑格尔、马克思、歌德成为法国、英国、俄国、美国、日本和中国等国学者学习和崇拜的对象。由于地缘关系,俄罗斯知识精英更愿意向德国学习。别林斯基认为:"德国——德国才是现代人类的耶路撒冷。"②别尔嘉耶夫毫不夸张地指

---

① 普罗普.故事形态学［M］.贾放,译.北京:中华书局,2006:11.

② 叶隽.歌德学术史研究［M］.南京:译林出版社,2013:233.

出："德国精神是富有阳刚之气并强有力的，它在征服俄国人肉体之前已经战胜了俄罗斯人的灵魂。"①歌德在德国思想史和学术史上占据中心地位，是"德国文化精神"当之无愧的代表，十九世纪后期，"歌德学"已是一门世界显学。1918年毕业于彼得格勒大学文史系的普罗普正是熏陶在这样的德国文化崇拜的大背景下。普罗普大学时代曾拜访过青年彼得堡语文学家与诗人日尔蒙斯基。后者著有《俄国文学中的歌德》，是德国浪漫主义领导小组成员之一，后来成为普罗普的良师益友。

众所周知，歌德是德国伟大的文学家、思想家，同时也是自然科学家，在植物形态学和骨学方面也颇有成就。歌德打通了科学与艺术的壁垒，自由行走在自然王国和艺术王国，对自然科学研究的思维也深刻影响了他对文学艺术研究的思维。歌德总结说："若不把艺术和科学看作一种具有内在勃勃生机的、在时间进程中将优缺点混合起来的永恒之物并恭而敬之，那么人自己就会沉沦迷茫、感到忧伤。"②这种勃勃生机的永恒之物我们称之为有机整体，这种有机整体的"生机盎然统一的根本特性在于：分离、统一、融入普遍、停止特殊、变化、细显、如生命体在千般条件下所能显示的那样现身、再消失、固化又融解、凝结又流动、延伸又收缩。由于所有这些作用都是同一时刻发生的，所以，在同一时间一切现象、每一现象都可能出现。产生与消逝、创造和毁灭、诞生同死亡、欢乐及痛苦，一切都在交互作用——在同一意义上，也在同一程度上；所以，就连发生的最特殊事件也总是以最普遍事物的形象和譬喻而出现的。"③这便是对有机整体统一性的最有力的诠释，是有机论与整体论的完美结合，最终形成了有机整体论文学思想，是歌德自然科学思维与文艺美学思维结合的思想结晶。

---

① 叶隽.歌德学术史研究［M］.南京：译林出版社，2013：234.

② 歌德．歌德文集［M］.罗悌伦，译.石家庄：河北教育出版社，1999：392.

③ 亚里士多德.诗学［M］.罗念生，译.北京：人民文学出版社，2000：303.

　　传统的有机整体论是西方文艺中一直存在的重要的文学思想，重点研究部分与部分、部分与整体之间的关系，认为部分存在的意义在于整体，部分之和小于整体，突出整体性与结构安排，这种文学思想在文学创作、文学批评和文学欣赏等领域都被广泛运用，多见于许多文论和批评典籍中，似乎被当成一种文学成规。亚里士多德在《诗学》中强调："一个美的事物——一个活的东西或由某些部分组成之物——不但它的各个部分应有一定的安排，而且它的体积也应有一定大小，因为美要依靠体积与安排。"①他还在《诗学》第七章开篇就说悲剧艺术第一事，也是最重要的事就是事件的安排。接着强调悲剧应该完整，所谓完整也就是指要有头，有身，有尾，结构完美的布局不能随便起讫。这也便是有机整体论的滥觞。此后，许多批评家对有机整体论思想进行了研究和发展。古罗马文艺家贺拉斯继承了亚里士多德的有机整体论的思想，在《诗艺》中提出了一切创作要合乎情理；一部作品要注意整体效果，结构首尾一致、恰到好处等创作原则。这突出了形式的重要性。到十七世纪新古典主义时期，布瓦洛推崇古罗马戏剧，从理性主义出发，制定古典主义戏剧的法典《诗的艺术》，其中"三一律"就是不可触碰的法规。完整性被突出了，而有机性遭到忽视，以至于走向了机械整体论，这成为戏剧发展的羁绊，直到浪漫主义的兴起才得到清算。

　　十八世纪，欧洲科学主义和理性主义兴起，这也影响到文学领域，学者们也开始以科学的方法和理性的精神进行文学创作和研究。仅德国出现了一系列以植物比喻文学的学者，歌德无疑是其中佼佼者。在赫尔德、歌德等人倡导下，有机整体论思想为德国狂飙突进运动做出贡献，为德国民族文学的兴起和为德国成为世界文化强国奠定了基础。有机整体论还对十九世纪初的浪漫主义文论产生了很大的影响，浪漫主义战胜古典主义一个重要的法宝就是有机整体论思想。英国批评家柯勒律治受德国的有机整

---

　　① 亚里士多德.诗学［M］.罗念生，译.北京：人民文学出版社，2000：25.

体论的启发，把有机整体论运用到文学批评中，并科学地阐释了莎士比亚的戏剧天才。由此，有机体整体论成为浪漫主义文论很重要的观念，浪漫主义批评家倾向于探讨艺术作品与自然的有机体之间的类比。美国批评家艾布拉姆斯在《镜与灯：浪漫主义文论及其批评传统》中对有机整体论与机械论进行了比较，在生物哲学的立场上肯定了有机整体论："想象的整体是一个有机整体：它是一个自生系统，由各个部分在生命上相互依赖所组成；如果离开了整体，部分就不能存在。"①该书是研究有机整体论的权威之作。有机整体论思想在二十世纪终于开花结果。美国批评家克林斯·布鲁克斯和罗伯特·潘·沃伦合著的《理解诗歌》也运用有机整体论思想进行诗歌研究："If we must compare a poem to the makeup of some physical object, it ought to be not to a wall but to something organic like a plant."②他们认为诗歌绝非是格律、韵、比喻语言和思想等机械堆砌成的墙一样的东西，而应该各个成分之间的关系是整体性的，犹如有机的花草。有机整体论对后来的结构主义、叙事学和符号学的影响更是深远。华莱士·马丁在《当代叙事学》中说："结构主义和符号学批评家是亚里士多德的继承人。"③可以说，二十世纪有机整体论思想具体化为结构主义和符号学。

　　二十世纪，在歌德的影响下，普罗普把有机整体论思想运用于研究民间故事的结构规律，创造性地运用抽象符号来表示神奇故事的深层结构，并认为所有神奇故事的结构具有一致性。这个惊人的发现是普罗普对民间文艺学的重要贡献，这一成果的取得除了他自己天才勤奋等个人因素外，还要感谢他的先辈们，他站在了维谢洛夫斯基、安吉·阿尔奈、J.贝迪耶等人的肩膀上，却沐浴在歌德思想的光环之下。如果说维谢洛夫斯基等人

---

　　① M.H.艾布拉姆斯.镜与灯［M］.郦稚牛，张照进，童庆生，译.北京：北京大学出版社，2004：208.

　　② Cleanth Brooks，Robert Penn Warren. *Understanding Poetry*［M］. Beijing: Foreign Language Teaching and Research Press，2004：11.

　　③ 华莱士·马丁.当代叙事学［M］.伍晓明，译.北京：北京大学出版社，2005：84.

的影响是主要在诗学上，那么普罗普在歌德那里找到的是灵感、思想和方法，这种影响是哲学上的。

《故事形态学》最后一章的题词引用歌德的话说："物种会成为世界上最令人惊异的东西。自然界本身会令人羡慕。借助于这一模型和打开它的钥匙，能够发明出无穷无尽的植物，它们应该是有序的，即尽管它们现在不存在，但却可能是存在的。它们不是某种富有诗情画意的幻影或幻觉，而是具有内在的真实和必然性的东西。这一规律适用于所有生物。"①这段话源自在意大利旅行期间的歌德写给赫尔德的信，歌德欣喜地发现了植物万变不离其宗的奥秘，即植物所有的形式都是由两片嫩嫩的叶子转化来的。植物虽有无穷无尽的形式，但具有内在真实性和必然性的东西，而且是有序的。普罗普用这段话作为题词，暗示着这一规律也同样适用于故事。无数的故事就像那数不清的植物变体一样，只要找到了故事原型，其他一切就容易理解了。这段话无疑增加了普罗普对自己故事研究的信心，并指明了研究方向——故事也有自己的内在规律。普罗普研究的结果证实了歌德所说，这一规律适用于所有神奇的故事。

《故事形态学》（1928）和《神奇故事的历史根源》（1946）的出版相隔十八年，两部著作最后一章都用"故事作为一个整体"为题目，这是一个有趣的现象。"故事作为一个整体"是普罗普花十年（1918—1928）心血研究神奇故事结构的结晶，他始终坚持这样的结论。我们不难得出如下事实：有机整体论作为指导思想一直贯穿于普罗普故事研究的始终。董晓萍指出："他提出把'故事作为一个整体'研究的思想，是很深刻的。"②在《故事形态学》的最后一章，普罗普用文字和抽象的符号公式诠释了"故事作为一个整体"的内涵。他首先研究了故事组成部分之间的关系。"任何一个始于加害行为（A）或缺失（a）、经过中间的一些功能项之后终结于

---

① 普罗普.故事形态学［M］.贾放，译.北京：中华书局，2006：87.
② 董晓萍.现代民间文艺学讲演录［M］.桂林：广西师范大学出版社，2008：70.

婚礼或其他作为结局的功能项的过程，都可以称之为神奇故事。"这样的一个过程被普罗普称之为一个回合。一个故事由一个或多个回合组成。回合与回合之间的主要组合方式有六种：一个回合紧跟另一个回合；新的回合在第一个回合结束之前降临；片段本身也被打破，那时就会得出颇为复杂的回合；故事可以从一下子降临两个危险开始，可能先彻底消除一个，然后消除第二个；两个回合有一个共同的结尾；一个故事里有两个寻找者。①普罗普证实了神奇故事这个有机整体的部分与部分之间的紧密关系。他接着以《天鹅》故事为个案，对这个故事整体进行了分解，得出一个关于《天鹅》的图式，普罗普自己肯定这是一个非常重要的结论。照此方法对所有故事进行分解研究并得出图式虽是普罗普的奢望，但他还是以惊人的毅力完成了对阿法纳西耶夫故事集中一百个神奇故事的情节进行了比较研究，并得出总结性的图式，即"普罗普公式"：

ABC↑Д Г ZR｛｝Λ↓Пp–CnXФ У O THC*

这个就是所有神奇故事的结构公式，它使神奇故事成为一个具有统一性的整体。这个规律是在有机整体哲学思想指导下得出的。

在《神奇故事的历史根源》中，普罗普主要想探索神奇故事结构一致性的起源问题。普罗普首先以历史主义的方法研究了单个母题的来源，认为故事中的许多母题起源于各种社会礼仪、法规和制度，比较重要的是授礼仪式和死亡观念两个系列。这两个系列合在一起就是神奇故事的主要故事结构要素。普罗普也遗憾地表示："换句话说，就是我们知道了单个母题的来源，但却不知道它们在情节展开过程中其顺序的来源，不知道故事作为一个整体的来源。"②普罗普找到各个部分的来源后并未找出故事作为一个整体的来源，虽没有得出结论，但他认为故事作为一个整体的来源于遥远的历史。他总结："我们发现了故事结构的一致性并非隐藏在人类心理的

① 普罗普.故事形态学［M］.贾放，译.北京：中华书局，2006：88.
② 普罗普.神奇故事的历史根源［M］.贾放，译.北京：中华书局，2006：465.

某些特点中，也不在艺术创作的特殊性中，它隐藏在往昔的历史现实里。"往昔历史即指其所发展阶段中的氏族制度。接着，普罗普从故事作为一种文学体裁进行了论述，他认为："讲述是程式或仪式的一部分，它依附于仪式和即将拥有护身符的那个人。讲述是独特的语言护身符，是对周围世界有巫力作用的手段。"普罗普承认，精确地证实讲述与仪式的关系是不容易的，但有一点是清楚的，即讲述是仪式的有机构成成分。故事起源于仪式，讲述与故事有着不可分的关系。

在普罗普看来，所有神奇故事都是一个有机整体，甚至每个情节也是一个有机整体，这个有机整体具有伟大的统一性。他对晚年的歌德由衷地赞叹："那么步入老年的歌德、为自然科学领域精确的比较方法所武装的他，透过贯穿整个大自然的个别现象见到的是一个伟大的统一整体。"①

二 数理科学研究法

歌德对普罗普的影响不仅在有机整体的思想方面，还表现在研究方法和态度上，即方法论上。《故事形态学》第一章被命名为"问题的历史"，普罗普对二十世纪前三十年故事的研究历史进行了小结，并指出问题症结所在：问题不在材料的数量不足，而在于研究方法不科学。他很推崇当时数理科学研究的方法："当数理科学已经拥有严整的分类法、为学界认可的统一术语系统、薪火相传不断完善的研究方法时，我们则没有这一切。"②普罗普决定挑战一下自己，把这种方法运用在材料及其丰富的故事结构的研究中。普罗普先确定了研究对象是"故事是什么"，然后再研究"故事的来源"，这也弄清了研究顺序。接着，普罗普才谈到这一章主要内容，即对类别分类法、情节分类法和AT分类法进行客观分析，指出这些研究方法的不足。这里我们就要谈及这一章的题词："从我们的立足点看待科学的历

---

① 普罗普.故事形态学［M］.贾放，译.北京：中华书局，2006：180.
② 普罗普.故事形态学［M］.贾放，译.北京：中华书局，2006：2.

史永远是非常重要的；是的，我们高度评价我们的前驱者并颇为感谢他们为我们所做的贡献。但是谁都不喜欢把他们看成是被不可遏制的癖好引入的危险的、有时是走投无路境地的受难者；不过，为我们的存在奠定了基础的前辈们，往往比消耗这笔遗产的后人有更多的严肃性。"①歌德认为，在进行科学研究之前进行科学的历史研究是十分重要的，要对这些前驱者以及他们的成果表示敬意，这些成果在后人看来虽有时显得幼稚，可他们付出的艰辛是相当令人敬佩的，后人应严肃认真对待。歌德在此给出的是科学者应有的研究态度和思想。普罗普把这种宝贵的态度和思想带入了他对神奇故事的研究中。普罗普也通过这段题词暗示他对故事结构的研究不是异想天开，而是在前辈的基础上运用精准的数理科学方法进行的研究。在故事分类研究方面，他重点评析了芬兰学派奠基人安吉·阿尔奈；在描述故事上，重点评析了俄罗斯历史主义诗学代表人物A.H.维谢洛夫斯基。他对他们表示敬佩的同时，也指出研究中的不足："在该学派学术文献中有数量繁多的关于单个情节异文的文章和札记，这些异文的来路有时令人意想不到。它们日积月累，数量可观，但系统的研究却付诸阙如。"②他认为以阿尔奈为代表的芬兰学派重视微末而忽视整体的方法之不足，而且他们研究时还忽略了"每个情节都是某种有机体"的这一前提。他进一步指出："故事诸情节之间的关联密切到彼此交织的地步，在分离出不同情节之前，对这个问题需要进行专门的前期研究。"③（普罗普不仅意识到整个神奇故事的结构是一个有机整体，甚至每个情节也是某种有机体。）关于情节与母题之间的关系，普罗普发展了维谢洛夫斯基的理论。普罗普总结："细节离开整体便无法理解；整体本身也是由细节组成。"④运用精准的数理科学方法，是普罗普区别于前辈们的标志，也是能得出神奇故事结构规律的

①普罗普.故事形态学［M］.贾放，译.北京：中华书局，2006：1.

②普罗普.故事形态学［M］.贾放，译.北京：中华书局，2006：7.

③普罗普.故事形态学［M］.贾放，译.北京：中华书局，2006：8.

④普罗普.神奇故事的历史根源［M］.贾放，译.北京：中华书局，2006：276.

不二法则。

在第二章中，普罗普明确了研究任务："我们着手进行这些故事的情节间的比较。为了比较，我们要按特殊方法来划分神奇故事的组成成分，然后再根据其组成成分对故事进行比较。最终会得出一套形态学来，即按照组成成分和各个成分之间、各个成分与整体的关系对故事进行描述。"① 任务言简意赅，主要是运用一套"形态学"方法对故事进行描述，然后得到一个同一类型，就是这一章题词中歌德所说的"一般类型"。在题词中歌德说："我坚信，以转换为基础的一般类型能穿透一切有机质，可以在某个横断面上从各个方面很好地对这种一般类型进行研究。"② 从歌德在意大利旅行的日记中可以看到他一直寻找着植物的一般类型——即他所说的原始植物，这种原始植物变形转化为其他一切植物，后来他认为这种原型植物就是叶子。歌德寻找原型植物的方法启发了普罗普去寻找神奇故事的原型。普罗普从大量的故事中观察到其中不变的因素和可变的因素，并把不变的因素定义为"角色的功能"，根据角色的功能来研究故事。他得出结论：神奇故事共有三十一个功能项和七种行动圈。功能是故事的基本组成成分。但还有一个更为重要的发现，即神奇故事功能项的排列顺序永远是同一的。普罗普对这一规律的揭示代表了他科学研究的最高成就，这主要归因于研究得法，这也是科学影响人文研究的成功范例。

三　学科概念——形态学

《故事形态学》中关键性概念"形态学"源于歌德。序言题词就是从形态学开始的："形态学理当获得合法的地位，它把在其他学科中泛泛论及的东西作为自己的主要研究对象，把那些散落在各处的东西收集起来，并确立一种令人可以轻而易举地观察自然事物的新的角度。形态学所研究的

---

① 普罗普.故事形态学［M］.贾放，译.北京：中华书局，2006：16.
② 普罗普.故事形态学［M］.贾放，译.北京：中华书局，2006：16.

现象是相当重要的，它借助于理性的运作对现象进行比较，这些理性的运作合乎人类的天性并使其愉悦，哪怕是不成功的经验也依然在自身中将效用与美结合在一起。"①普罗普暗示"形态学"这个概念源自歌德的植物形态学。普罗普对植物形态学做了简要概括："形态学指的是关于植物的各个组成部分、关于这些组成部分之间的相互关系以及它们与整体的关系的学说，换句话说，指的是植物结构的学说。"②他看出了植物形态结构与故事结构之间的内在相似性，并由此引出"故事形态学"这一关键性概念。指出要像研究有机物的形态学一样研究民间故事的结构规律，并限定了民间故事的范围，即神奇故事。他认为这项工作是一项科学实验，要求研究者具备一定的耐心；接着指出这项工作的研究过程和方法，即由大到小，再到公式化的过程。虽然这项工作很让读者费解，但最终会让人看到丰富多彩的故事都有奇妙的统一性。那么歌德的这段题词起到的作用很明显了。

"形态学"这个概念的外译给普罗普惹了不少麻烦，法国结构主义代表人物列维-斯特劳斯就抓住这个术语不放，认为普罗普的研究是形式主义的。普罗普回击列维-斯特劳斯的文章《神奇故事的结构研究与历史研究》中为自己做了辩护，他说《故事形态学》的原名为《神奇故事形态学》，但在出版时，出版者私自将"神奇"二字删去。普罗普也批评其作品英译者的野蛮行径，即把题词删掉，可能这也是引起列维-斯特劳斯误解的直接原因，而这些题词恰恰是普罗普十分看重的。他说："然而所有这些话都取自歌德以'神话学'统而称之的一系列著作以及他的日记，这些题词应该能表达出该书本身未能说出东西。"③可见，题词并不是与该书没有联系，而是普罗普想借此含蓄表达出自己的哲学思考，即任何科学的最高成就都是对规律的揭示。普罗普在这篇论文中坦白："我在某些章节前引用的题

---

① 普罗普.故事形态学［M］.贾放，译.北京：中华书局，2006：7.
② 普罗普.故事形态学［M］.贾放，译.北京：中华书局，2006：7.
③ 普罗普.故事形态学［M］.贾放，译.北京：中华书局，2006：179.

词——标志着对他（歌德）的崇拜。"①歌德的有机整体思想对于普罗普早期对故事形态结构的研究影响巨大，《故事形态学》的多章题词就是一个明显的标志。

后期普罗普自己似乎也对形态学这个概念表示了不满："我应该承认，形态学这个概念借自歌德，一度令我十分珍视并赋予它不只是科学的，而且还有某种哲学甚至诗学内涵的术语，选择的不很成功。如果选一个十分贴切的术语，那就不是形态学，而是该用一个更为狭义的概念'组合'，那样书名就成了《民间神奇故事的组合》。但组合一词也需要定义，它可以指称不同的东西。那么在这它又指什么呢？"②虽对形态学这个概念不满，但"组合"是绝对代替不了的。普罗普在这里幽默了一把。此前他就说："写这本书时我还年轻，因为相信某个观察结果或某个思想只要值得说出来，大家会立刻理解并赞同它。因此，我以定理的风格极其简短地做出表述，认为发挥或详细说明自己的思想是多余的，因为无须如此一切都一目了然。但在这一点上我犯了错误。"③他虽然讽刺自己犯了想当然的错误，但也提示了这本书所具有的定理般的风格。自己所犯的错误不是选择的错误，不是结论的错误，而是选择的暗示性和结论的简洁性不容易被他人理解。

四　结语

《故事形态学》的反响是双重的，可以理解；对它研究兴趣的再度复兴说明普罗普开创的在有机整体论哲学思想指导下的精密科学研究的方法具有前瞻性，而且具有启发性的。故事结构研究的后继者们，如列维–斯特劳斯、A.J.格雷马斯、T.托多洛夫、热拉·若奈特、罗兰·巴特在此基础上继续前行，探索故事结构的奥秘。

---

① 普罗普.故事形态学［M］.贾放，译.北京：中华书局，2006：180.

② 普罗普.故事形态学［M］.贾放，译.北京：中华书局，2006：187.

③ 普罗普.故事形态学［M］.贾放，译.北京：中华书局，2006：186.

　　普罗普承认自己是个仔细观察事实并细致入微和有条不紊地研究的经验主义者，并且承认只要经验主义者进行的描述是翔实可靠的，这些描述就不失其科学意义，如能把这些描述转变为对现象的揭示，还能引起哲学的思考。这些既有思想又有方法的思考都可以在《故事形态学》的题词中悟到。普罗普的学术思想也来源于歌德，尤其是歌德关于植物有机体的观念，歌德这种有机整体观念与普罗普的关于俄罗斯神奇故事的经验主义思想不谋而合。不难看出歌德对普罗普的早期学术思想的影响主要是在哲学层面和思想层面的，这与列维-斯特劳斯的诗学影响的区别是明显的。

（原载于《俄罗斯文艺》2018年01期）

论史诗《江格尔》虚构性

　　摘要：可能世界理论为研究文学虚构性提供了新的视角和框架。可能世界叙事学认为虚构世界特征主要表现在认知有限性和聚焦性、语义密度、系统嵌套和不可能的虚构世界等几个方面。蒙古族英雄史诗《江格尔》的虚构世界特征明显，与该理论的虚构世界特征相契合。

　　关键词：可能世界理论　史诗　虚构性

　　文学与现实世界的关系一直是文学研究的重要领域，但文学与虚构世界的关系却研究较少，但虚构性恰恰是文学的本质属性。勒内·韦勒克认为虚构性、创造性或想象性是文学的突出特征，其中虚构性是文学的核心性质："文学的本质最清楚地显现于文学所涉猎的范畴中。文学艺术的中心显然是在抒情诗、史诗和戏剧等传统的文学类型上。它们处理的都是一个虚构的世界、想象的世界。"①可见，虚构性理应是文学研究的重点。神话、史诗、戏剧、传奇和小说这些文学体裁都具有极强的虚构性特征。诺斯罗普·弗莱甚至认为这些文学体裁都是以神话为原型。文学虚构性主要通过作品中虚构世界来表征。通过考察一部作品的虚构世界特征，就可以对该作品的虚构性进行考察，进而明确叙事如何构筑经验现实以及现实经验如何制约人们对虚构世界的认知。可能世界理论为研究文学虚构世界特征提供可能。

可能世界理论与宗教哲学、逻辑学、量子力学有密切关系。十七世纪德国哲学家莱布尼茨首创了可能世界理论，认为现实世界是上帝为人类所选的可能世界中最好的一种。二十世纪中叶，可能世界理论在英国复兴，以大卫·刘易斯和索尔·克里普克为代表。刘易斯认为事情本可能是同它们现在不同的样子，本可能以无数的方式成为不同的样子，事情本可能的样子就是可能世界。克里普克形象地诠释到："可能世界是被规定的，而不是被高倍望远镜发现的。"②虚构世界与现实世界一样是可能世界的一种，现实世界是客观实在，而虚构世界是主观存在。可能世界理论的概念被借用了到文学研究领域，为文学中的虚构问题研究提供了有价值的参考。

二十世纪兴起的量子理论为可能世界叙事学发展提供了更有力的支撑。泰格马克和惠勒的量子分析框架理论将世界分为三个亚系统，即主体、客体和环境。这为可能世界叙事学的研究提供了参考模式：将"主体"保留，把"客体"改造为虚构世界（可能世界），把"环境"改造为现实世界。这样"主体""虚构世界"和"现实世界"就构筑成可能叙事学的研究框架。以其中某一项为中心，便可研究它们之间的叙事关系：虚构性范畴就是以现实世界为中心；经验性范畴就是以主体为中心；叙事性就

---

① 雷纳·韦勒克，奥斯丁·沃伦.文学理论［M］.刘向愚，邢培明，陈圣生，等，译.南京：江苏教育出版社，2005：15.

② 索尔·克里普克.命名与必然性［M］.梅文，译.上海：上海译文出版社，2005：75.

是以虚构世界为中心。可能世界叙事学是叙事转向后产生的一个新的叙事学分支，是叙事学与可能世界理论相结合的产物，为研究文学虚构性提供了新的视角和框架。

虚构世界特征是虚构性研究范畴，可能世界叙事理论认为虚构世界特征主要表现在认知广度的有限性、认识强度的聚焦性、语义密度、系统嵌套和不可能的虚构世界等几个方面。

一　认知有限性

文学虚构世界是一种特殊的可能世界，不像现实世界一样实在，而是存在，存在于人的思维世界中。由于人类认知、言语表意的有限性，人们对虚构世界的认知也必定是不完整的。虚构世界的不完整性已成为学界共识。文学虚构世界的不完整性受多种因素影响。"影响虚构世界不完整性的变量有物理因子（如残缺文本）、美学追求（如含蓄空灵）和作者风格（如海明威式的简约）。"①虚构世界虽不完整，但其特征是多种多样的。蒙古族英雄史诗《江格尔》是历史叙事和虚构叙事的典范，作品的虚构性突出。从可能世界叙事理论的角度看，其虚构世界认知有限性主要受简约叙述风格和文本因素影响。

简约叙述是《江格尔》叙述很突出的特点。史诗中这样描述宝木巴家园：

"江格尔的宝木巴地方，是幸福的人间天堂。那里的人们永葆青春，永远像二十五岁的青年，不会衰老，不会死亡。//江格尔的乐土，四季如春，没有炙人的酷暑，没有刺骨的严寒，清风飒飒吟唱，宝雨纷纷下降，百花烂漫，百草芬芳。//江格尔的乐土，辽阔无比，快马奔驰五个月，跑不到它的边陲，圣主的五百万奴隶，在这里藩衍生息。//巍峨的白头山拔地通天，金色的太阳给它萨满霞光。苍茫的沙尔达嘎海，有南北两个支流，日夜奔

---

① 张新军.可能世界叙事学［M］.苏州：苏州大学出版社，2011：53.

腾喧笑，闪耀着璀璨的光芒！//江格尔饮用的奎屯河水，清冽甘美汹涌澎湃，不分冬夏长流不竭。//宝木巴的主人，是孤儿江格尔。他全掌四谛，造福人民，英雄业绩，光照人家，勇士的美名，遐迩传诵。"①

这段描述了理想的宝木巴家园，展现了蒙古族卫拉特人们对人可以永葆青春、不老不死，四季如春的气候条件，广阔富饶的疆土，优美的自然环境和理想的君主的向往，这就是当时卫拉特人民心中的"理想国"。序诗和各个章节经常会对宝木巴家园进行如此般简约叙述。这种简约叙述风格是民族叙事风格的具体体现，给受述者留下了极大的想象空间，但也影响了对虚构世界完整性的认知。与柏拉图的《理想国》和托马斯·莫尔的《乌托邦》相比，史诗《江格尔》聚焦于征战和婚姻，没有专门展开对宝木巴国的政治、经济、法律、机关、交通、宗教、外交等其他方面详细描述，而是把这些嵌套在征战与婚姻两个方面之中，进行简约叙述和粗线条勾勒。因此与前两者相比，《江格尔》虚构世界的不完整性较大。帕维尔似乎给予了一个合理的解释："推崇稳定世界观的时代往往采取策略将不完整性最小化，而转型和冲突的时代则倾向于将虚构世界的不完整性最大化。"②据此看来，《江格尔》产生于转型与冲突的时代。

虚构世界认知有限性还表现在文本因素上。《荷马史诗》《埃涅阿斯纪》等西方史诗十分重视情节结构的安排，这也是书面史诗突出的艺术特征。有些学者认为史诗应该从中间写起，通过穿插等叙述手段把整个故事娓娓道来。西方史诗的这种结构整一性特点并非生而有之，而是在传承过程中经过艺人不断地加工才形成的。而《江格尔》还是属于活态史诗，还在人们口中传承，现收集到二百多部作品。每部作品自成独立的诗章，即一个完整的子故事，以圣主江格尔为核心组成一个故事集群。这种结构与巴尔扎克的《人间喜剧》结构相似，尤其是同一个人物在不同作品中反复

① 仁钦道尔吉.《江格尔》论［M］.呼和浩特：内蒙古大学出版社，1999：4.
② 张新军.可能世界叙事学［M］.苏州：苏州大学出版社，2011：53.

出现，如江格尔、洪古尔、阿拉坦策吉几乎在每一诗章中出现，这些作品一起丰富和完善了英雄人物的形象。这种分散又集中的结构类型与整一性结构史诗相比具有口传的活形态的性质，传承、演唱都很方便和灵活。仁钦道尔吉认为，《江格尔》属于复合型情节结构，由总体性情节结构和章节情节结构构成。他对蒙古史诗的情节结构做了总结："长篇英雄史诗《江格尔》的情节结构分为总体情节结构和各个长诗（各章）的情节结构两种。它的总体情节结构是二百多部长诗的并列复合体，故称作并列复合型英雄史诗。"①其各个长诗的情节结构分为序诗和基本情节，基本情节被归纳为四大类型：婚姻型、征战型、婚姻+征战型、征战+征战型。如果用仁钦道尔吉的这种观点看，荷马史诗、《埃涅阿斯纪》都应属于婚姻+征战这种类型。海伦是战争的起因，埃涅阿斯要抢娶提尔努斯的公主作为妻子。从进化视角看，荷马史诗完成了从口头到书面的过渡，并逐步成为结构整一宏大的整体；英雄史诗《江格尔》产生年代较晚，正处于书面化时期，我们所见之书面版本大多是根据录音加工整理而成。这些诗章在中国、俄罗斯和蒙古国被发现和整理，也出现了许多异文：同一故事被不同江格尔奇演唱，这就是相同故事的不同版本；也出现了一个故事变异后的文本，如江格尔奇演唱中即兴加入的成分。这些文本因素也影响了对《江格尔》虚构世界认知的完整性。

虚构世界在本体论上不完整，这必然造成认知上的不完整。《江格尔》虚构世界认识有限性并不构成文学的缺点，反而激励受众对虚构世界的想象性参与和研究热情，更重要的作用在于加强对虚构世界的主题深度的感知。

二　文化聚焦性

文学虚构叙事常常体现出因果论、价值论和目的论。这就需要把事件

---

① 仁钦道尔吉.《江格尔》论［M］.呼和浩特：内蒙古大学出版社，1999：286.

和人物进行有目的的调配，并要通过一定视角被讲述，才能构建充满意蕴的人文世界。因此，"许多信息经过视点过滤而变形、放大或迷失。"[1]聚焦使虚构世界的某个侧面可以获得最大限度的放大。在蒙古族史诗《江格尔》中通过叙述者（江格尔奇）的视点，聚焦性主要体现在对民族文化的记忆与传承上。马文化是蒙古族文化的重要组成部分。战马是蒙古人最亲密的战友，对马的描述已成为史诗的一个重要组成部分。出征前需套马、备鞍，战争中，马就是战士的双腿、战士的保护神，如果主人遇到危险还会帮主人化险为夷，甚至开口说话。如第二章阿拉坦策吉出征前关于马的描述：

"荣耀的江格尔，我的圣主，

我的大红马跑得飞快神速，

我还身强体壮精力充沛，

我的雕弓利箭锋芒犹在，

愿为宝木巴建立伟大的业绩，"[2]

在阿拉坦策吉建功立业三个前提条件中，马的因素放在第一位，然后是身体和武器，可见马对于勇士来说是第一重要因素。接着具体描绘了马夫套马，对大红马的两耳、两眼、笼头、辔头、毡片、鞍垫、木鞍、动作等做了极为细致的描绘。这样的聚焦性描写体现了蒙古族的马文化，并体现了马在民族文化中的重要性。虚构叙事也体现出马文化的聚焦性描写。马是英雄征途中唯一可以对话交流的伙伴：

"你呼啸飞驰好像离弦的箭，

你迅猛非凡好像凌云的海青，

为什么还没跑出自己的墙垣？

用这样的速度前进，

---

① 张新军.可能世界叙事学［M］.苏州：苏州大学出版社，2011：54.

② 江格尔［M］.色道尔吉，译.北京：人民文学出版社，1983：30.

何时跑完我们的旅程？"①

大红马听完阿拉坦策吉的抱怨后开始飞速前进。大红马还是英雄战胜敌人的助手，阿拉坦策吉用法绳捆住萨那拉的宫殿后，大红马一起跟他使劲，才把萨那拉的宫殿拉倒塌。可见，史诗通过一代代史诗艺人的演唱，对马的聚焦性描述体现出对民族文化的记忆与传承，用此种方式传承民族文化不可不说是一种民族智慧。

人物描述主要聚焦英勇事迹，而不注重人物一生的完整性的详细刻画。对人物的出生一般不做细致的描述，只是介绍祖先和祖父、父母亲。《江格尔》序诗中这样介绍江格尔：

"在那古老的黄金世纪，

在佛法弘扬的初期，

孤儿江格尔，

诞生在宝木巴圣地。

江格尔是塔海兆拉可汗的后裔，

唐苏克·宝木巴可汗的孙子，

乌琼·阿拉达尔可汗的儿子。"②

接着简述江格尔三岁、四岁、五岁、六岁、七岁的英雄事迹。在七十万大军中经常提到六千又十二勇士，主要介绍的是十二勇士，其中洪古尔、阿拉坦策吉是最主要的两位，前者是左手的头名勇士，后者是右手的头名勇士。洪古尔是勇武型勇士的代表，阿拉坦策吉是智慧型勇士的代表，这与《伊利亚特》中的阿基留斯和奥德修斯极为相似，属于类型化人物形象。对洪古尔的描写侧重于他的勇武忠诚：

"江格尔的左手头名勇士，

是淳厚朴实的雄狮洪古尔。

---

① 江格尔［M］.色道尔吉，译.北京：人民文学出版社，1983：33.

② 江格尔［M］.色道尔吉，译.北京：人民文学出版社，1983：1.

他是大力士特步新·西鲁盖的后裔，

摔跤手西克锡力克的独生子，

贤淑的母亲姗丹格日勒夫人二十二岁那年所生的爱子。

洪古尔是江格尔的手足，

是七十万大军的光荣；

洪古尔是宝木巴的擎天柱，

是千百万勇士的榜样。

洪古尔在战斗中，

从不知后退，如狼似虎！

洪古尔豁出宝贵的生命，

单人匹马征服了七十个魔王。"[①]

这里简要介绍了洪古尔的地位、身世、影响、勇武，其中交代了和江格尔的亲如手足之关系，洪古尔的形象也在其他诗章中逐渐得到充实。"赤诚勇武的好汉，从不在敌人面前低头，不怕任何困难"是留给听众或读者的最深印象。对阿拉坦策吉的描述主要集中在他的智慧上：

"江格尔的右手头名勇士，

名叫巴彦胡恩格·阿拉坦策吉。

千里眼阿拉谭坛吉端坐在黑缎垫子上，

他掌管宝木巴七十个属国的政教大权。

无论遇到什么疑难的案件，

他能迅速无误地堪破、裁断。"[②]

智慧是其主要特点，他能预测未来九十九年的事情，能知晓过去九十九年的事情。许多诗章中阿拉坦策吉是重要的角色人物，往往能知晓对手的来龙去脉和真实情况，能预判事件的结局。然而对阿拉坦策吉的了

---

① 江格尔 [M].色道尔吉，译.北京：人民文学出版社，1983：10-11.

② 江格尔 [M].色道尔吉，译.北京：人民文学出版社，1983：10.

解也只有这个视角，对他家里的详细情况我们却一无所知。对于其他人物如人中鹰隼萨布尔、铁臂力士萨那拉、美男子明颜的介绍也突出主要英雄事迹，而不是人物的完整形象。史诗的空白是永远的空白，我们永远无法知道"麦克白夫人有几个孩子"。《江格尔》没有对英雄最终死亡的描述，这也是《江格尔》最独特的地方，即便是战死了，最后也在神力的帮助下起死回生，如洪古尔。英雄死亡意象在《江格尔》中的空白与卫拉特蒙古人的文化信仰和生命观有一定的联系。在伊朗史诗《列王纪-勇士鲁斯塔姆》、藏族史诗《格萨尔》和柯尔克孜族《玛纳斯》中都有对主要人物一生的完整性叙述，如对鲁斯塔姆的出生、选马、少年、青年、中年、老年、死亡做了较为细致的描写和叙述，对鲁斯塔姆一生的描述就像一幅幅历史画卷，而对《江格尔》的英雄们的描述更像一群群英勇的雕像。

另外，酒宴、摔跤、赛马和射箭也是蒙古族史诗《江格尔》中经常出现的聚焦点。诗章一般都是在酒宴中开始，以酒宴结束；即使开场没有出现酒宴，结尾都会以酒宴收场，举行有芳醇美酒的盛宴成为故事结束的标志。通过聚焦性，把民族文化彰显出来。

三　细节密度

人类的想象力决定了虚构世界规模的大小，虚构世界是无所不包的，同时虚构世界也具有特定的时空维度和具体的虚构个体。特定的时空维度指故事世界在话语层面的时空维度。叙事学在叙事时间上取得了很多成果，在故事时间与话语时间之间建立联系，如利科的《时间与叙事》；但在空间研究方面，在故事空间与话语空间之间还缺乏有效研究。文本密度理论试图对故事空间和话语空间做出解释。文本密度的相对强度指特定篇幅的叙事文本所表达的关于故事世界的信息量或细节密度。与虚构世界的文本密度有关的内容包括理解文本所需的外部信息、叙事集群、文本布局、通向文本世界的认知途径。史诗《江格尔》每章都充满了大量关于马的信息。一个诗章始终贯穿着有关马的描述。在洪古尔婚礼的一章中，江格尔为给洪古尔娶亲，他让马夫备马，接着有一连串套马、鞴鞍的细节描述：

> "马背上现铺毛垫，
>
> 上面是精致的鞍屉，
>
> 再铺六层平整的鞍鞴，
>
> 上面是铁砧般巨大的雕鞍，
>
> 雕鞍是珍贵的鞍垫和鞍幔。
>
> 彩色斑斓的肚带，
>
> 曾在毒蛇的唾液里侵染，
>
> 肚带上有八十八个扣环，
>
> 环环扣紧，
>
> 把那肥壮的肚皮，
>
> 勒出了七十二道皱纹。
>
> 丰满的臀部上，
>
> 系着一百零八个银铃。
>
> 美丽的脖颈上，
>
> 挂了八个铸铁铃。"[①]

接着细描马前腿、眼睛、后胯、长尾、耳朵、脑鬃及四蹄。马的细节描述展示了马的颜色和特性、种类和价值，马具及其作用等。因此，关于马的细节描述的文本密度较高。这些信息反映出蒙古人对马的独特情感与理解，这也对民族文化进行深入研究提供了基础。

细节密度较大是《江格尔》的叙述较突出的特点，是一种保留人类记忆、表征人文世界的一种手段。

---

① 江格尔［M］.色道尔吉，译.北京：人民文学出版社，1983：111.

四　世界嵌套

一个文本世界可以嵌套在另一个文本世界里，但最终都要嵌套在一个上层真实世界里。可能世界的叙事学将文本中人物的内心世界看作若干微型世界，将虚构世界描述为以文本现实世界为核心的一个庞大的文本系统。文本世界主要分为叙述者想象的可能世界、故事人物想象的可能世界和读者想象的世界。"可能世界的嵌套性可以彰显各个世界之间的因果条件关系，将虚构世界的特定命题进行恰当定位和辨伪，即它是一个叙述事实还是纯属人物臆想。因为低层可能世界总是寄生于它所嵌套的上层世界，所以上层世界可以评论下层可能世界。"[1]史诗《江格尔》就存在天界、人间和下界的三界观念，一般认为神主宰天界，人生活在人间，鬼魔妖生活在下界，只有巫师或会法术之人才能在三界之间互通，这属于传统的神话思维，这种观念根源于古老的宗教萨满教，后来又受到藏传佛教的影响。如果从可能世界理论来看，这三界是存在的可能世界，其中叙述者文本世界是核心，人物想象的世界嵌套在叙述者文本世界中。史诗中对家乡宝木巴的描述就是叙述者的想象世界：没有衰老，没有死亡，四季常青，没有战乱没有压迫，人民生活幸福。叙述者的想象世界反映了草原民族的"乌托邦"思想。

史诗中人物想象世界嵌套在叙述者的文本世界中。英雄萨那拉的父母临去世时对萨那拉这样描述宝木巴："亲爱的儿子，你要牢记：在这阳光灿烂的大地，江格尔主宰万物。他有八十二个变化，他有七十二种法术。他是宝木巴的圣主，他为民造福。江格尔的宝木巴地方，是人间天堂。孤独的人到了那里，人丁兴旺，贫穷的人到了那里，富庶隆昌，那里没有骚乱，永远安宁，有永恒的幸福，有不尽的生命。我们一旦离开人世，你赶快奔向宝木巴乐土。白天不要停步，黑夜不要住宿，你要找江格尔，与他

---

[1] 张新军.可能世界叙事学［M］.苏州：苏州大学出版社，2011：56.

会晤。"①在萨那拉的父母眼中，江格尔就如同神，宝木巴是人间天堂。人物想象的世界嵌套在叙述者的文本世界中，并与叙述者口中的江格尔和宝木巴形象相符，彰显了两个可能世界之间的因果关系，因为圣主江格尔的统治才让宝木巴家园如此美丽和幸福，所以萨那拉父母临终前想象的世界不是故事人物的臆想，是嵌套在上一层文本世界中的。江格尔会八十二种法术，七十二般变化，战马能说话，洪古尔会变形成秃小子等，这些人物的魔法世界环绕在文本现实世界的周围，与文本核心世界组成负责的文本系统。在《奥德赛》中，这种嵌套性就很强，包括奥林波斯山神们的世界、人间的世界、鬼魂的阴间世界，神的世界总在评论人间世界，并且决定人的命运，可见，当时人们的主导思维是神性思维，才能做到敬神、爱神和惧神。现在科学理性思维主导人们，人们惯于用科学眼光看待一切，评价一切，如果用科学眼光审视《江格尔》中的虚构世界，那将无法真正理解作品和阐释作品。

五　不可能的虚构世界

虚构世界包括逻辑可能世界也包括逻辑不可能世界。中国人观念中的桃花源、西方人眼中的理想国、乌托邦都构成了逻辑可能世界，但逻辑不可能世界也有其存在的意义和价值。逻辑不可能世界经常存在于文学艺术文本和个人内心世界之中。在早期文学世界中，如史诗，不可能的虚构世界多源于传统民间故事和神话故事，这或许是人类重大事件记忆的形象化表达，民俗学家、人类学家正在努力揭示民间故事和神话等真实内涵，普罗普的《神奇故事的历史根源》就是这方面的名著。虽然多数人认为不可能世界的存在价值在于高度娱乐性，但不可能世界是人内心的组成部分，存在于人的头脑中，其价值或许不仅仅是高度娱乐性，或许更在于对人心理的安抚和暗示。史诗《江格尔》充满了不可胜数的逻辑不可能性情节

---

① 江格尔［M］.色道尔吉，译.北京：人民文学出版社，1983：51.

和场景。宝木巴家园人永远保持年轻，不会衰老，不会死亡；作品中很多英雄会变身，战马会说话；人的灵魂藏在动物体内；阿拉坦策吉用法绳拉倒萨那拉的宫殿；洪古尔的红颜知已变身天鹅救活洪古尔；江格尔将已经牺牲的洪古尔救活等。这些不可能虚构世界不仅能让人们欢乐，更是人们内心的抚慰或积极暗示，表现出蒙古卫拉特人们积极乐观的英雄主义精神。

史诗《江格尔》描述了许多栩栩如生的虚构世界，这些想象的世界是一代代江格尔奇口口相传下来的。《江格尔》的虚构世界是叙述者江格尔奇根据记忆而口头创编完成，虚构世界由口头传统、江格尔奇、受述者及其语境等因素决定，并不是异想天开、凭空捏造，而是由从现实世界抽取的个体按照某种属性和关系组合而成。这种虚构世界是民族文化的集体记忆与变形，深深嵌套在现实世界之中。

亚里士多德和黑格尔史诗观比较研究

摘要：亚里士多德是古典史诗理论的开创者，他要求史诗情节结构应与戏剧一样形成一个有机整体，其史诗观是一种戏剧化史诗观。黑格尔是古典史诗理论的集大成者，他把史诗纳入自己的美学体系，认为史诗是内容与形式、一般与个别二元辩证统一的有机整体。二者的史诗观代表了古典史诗理论形成和发展的轨迹。

关键词：荷马史诗　古典史诗理论　史诗观

引　言

　　西方古典史诗理论是以荷马史诗为典范和主要研究对象的一门学问。柏拉图、亚里士多德、伏尔泰、维柯、黑格尔等都是荷马史诗研究者。柏拉图是"神赋论"的拥护者，认为诗人的灵感源于神灵，而不是他们自己的认知和技艺，他站在哲学理性的立场对史诗和诗人进行了严厉的批评。真正将荷马史诗树为史诗典范者是亚里士多德，他的《诗学》中虽然只有两章篇幅集中讨论史诗，却成为古典史诗理论的开创者。他要求史诗情节结构应与戏剧一样形成一个有机整体，其实质是一种戏剧化史诗观，这对后世西方史诗研究产生较大影响。伏尔泰在《论史诗》中对"史诗"这个概念进行了梳理，认为史诗应该是一种用诗体写成的关于英雄冒险事迹的叙述，情节单一而简单的史诗更能引起人们的兴趣。维柯从社会科学的视角重新认识和研究荷马史诗，开创荷马史诗研究新风气。黑格尔是继亚里士多德后西方古典史诗理论的集大成者，认为真正的史诗是内容与形式、一般与个别二元辩证统一的有机整体，但其观点也具有十分明显的局限性和"西方中心论"色彩。纵观古典史诗理论史，亚里士多德和黑格尔是古典史诗理论的重要代表。对他们的史诗观进行梳理和研究既能见出古典史诗理论形成和发展轨迹，也能认清其理论的实质，同时为我国正在兴起的史诗研究提供参考。

一　戏剧化史诗观

　　亚里士多德在《诗学》中主要研究了悲剧，重点讨论了悲剧情节问题。他认为情节是悲剧六个成分中最重要的因素，是悲剧的灵魂；情节应该是一个完整的有机整体，由突转、发现和苦难等构成；好的情节应是好人由于缺点或错误由顺境进入逆境；情节发展本身引起观众的怜悯和恐惧之情。可见，情节是《诗学》的核心问题。

亚里士多德把对悲剧情节的要求直接用在史诗上，提出史诗情节要戏剧化："显然，和悲剧诗人一样，史诗诗人也应编制戏剧化的情节，即着意于一个完整划一，有起始、中段和结尾的行动。这样，它就能像一个完整的动物个体一样，给人一种应该由它引发的快感。"①从中不难看出，亚里士多德要求史诗的情节结构戏剧化的主要原因是让观众获得审美愉悦。充分考虑观众感受这一出发点明显受戏剧演出效果的影响。情节戏剧化就是要求诗人对情节重新进行编排，而不是故事原始发生的顺序，这样的情节一般以一个行动为目的，并具有了一定伦理道德意味。这正是戏剧的目的。难怪亚里士多德反对史诗套用历史结构。他对当时普遍流行的编年史式的史诗进行了批评，认为如果按照编年的顺序安排史诗，就会形成不相关事件的堆叠，情节形不成一个有机整体。如果按照悲剧情节来安排史诗，史诗就会形成一个有头、有身、有尾的像一个活的生物一样的整体。他赞扬荷马没有像其他诗人那样成为编年史家，而是选取其中一部分，围绕一个整一的行动来安排情节，最终使史诗形成一个戏剧化的结构，荷马的优点在于会选择和穿插。如果以"一个人物""一个时期"或"一个行动"为中心来组织情节的话，荷马选择了"一个行动"，他围绕阿喀琉斯的愤怒来组材《伊利亚特》，围绕奥德修斯返家组材《奥德赛》，而把相关事件作为穿插点缀在叙述中。亚里士多德树荷马史诗为典范的原因就是荷马史诗情节结构戏剧化，这与他的诗学理念相一致。这对后世西方史诗研究和文人史诗创作都产生了极大的影响，荷马史诗从此成为史诗典范和衡量其他史诗的标准。

亚里士多德要求史诗情节长短也应与悲剧一样，以一览而尽为宜。他要求悲剧情节不能太长，太长不能一览而尽，但也不能太短，太短则不可感知。他指出："由于史诗容量大，因此各个部分都可有适当的长度，但在

---

① 亚里士多德.诗学［M］.陈中梅，译注.北京：商务印书馆，1996：163.

戏剧里，如此处理的结果却会使人大失所望。"①显然，史诗结构的特点是情节多，但可适当增长。这主要是因为悲剧不能表现许多同时发生的事，而史诗却能描述许多同时发生的事情。史诗的长度比悲剧可大幅增加，一部史诗的长度约等于一次看完几部悲剧的长度，但必须以一览而尽为宜。如果把这些同时发生的事情编排得体，就可以增加史诗的容量和气势，丰富的内容就能更加吸引观众的兴趣。亚里士多德较客观地指出了史诗优势，但优势必须在情节结构安排得体的前提下才能发挥，即注重部分和部分、部分与整体之间的关系，最终形成一个有机整体，只有形成一个有机整体的情节结构才是值得肯定的。反之，情况会更糟。

亚里士多德对史诗诗人也提出戏剧化要求："诗人应尽量少以自己的身份讲话，因为这不是模仿者的作为。"②言外之意，史诗诗人应该向悲剧诗人学习，因为悲剧诗人完全是模仿人物说话，而不用自己的身份说话。关于这一点，柏拉图认为史诗主要由"纯叙述"和"人物模仿"两种成分组成，史诗诗人在以诗人和人物两种身份说话交替转换中进行叙述。亚里士多德对诗人的态度虽然没有柏拉图那样苛刻，但还是对绝大多数诵诗人给予了差评，认为他们像编年史家一样，但唯有荷马在这方面比其他史诗诗人高明：荷马只是在序诗中以诗人的身份说话，简短说话，然后模仿不同的人物们说话。因此，纯叙述与人物模仿两种成分之间存在一定比例关系是史诗的标志。只有人物模仿或纯叙述时，这种体裁就不是史诗了，而是戏剧或其他的体裁了。亚里士多德对荷马赞誉正是其要求史诗诗人戏剧化的表现。

总之，亚里士多德的史诗观是以有机整体论思想为基础的戏剧化史诗观。以荷马史诗为典范和史诗情节形成一个有机整体的思想构成了西方古典史诗理论的核心，这对黑格尔的史诗观产生了极大影响。

---

① 亚里士多德.诗学［M］.陈中梅，译注.北京：商务印书馆，1996：131.
② 亚里士多德.诗学［M］.陈中梅，译注.北京：商务印书馆，1996：169.

二 二元辩证统一史诗观

黑格尔把史诗作为浪漫型艺术纳入自己的客观唯心主义美学体系中。他继承并发展了亚里士多德的有机整体论思想，也奉荷马史诗为典范，在广泛研究东西方史诗的基础上总结了史诗的一般性质和本质特征，成为亚里士多德后西方古典史诗理论的集大成者，这也使之具有极大的权威性，但也表现出一定的局限性和西方中心论的色彩。

（一）内容与形式统一

在与箴铭、格言和教科诗，哲学的教科诗、宇宙谱和神谱等雏形史诗比较后，黑格尔认为正式史诗是内容和形式有机结合的整体，这是正式史诗的一般性质。

"史诗以叙事为职责，就须用一个动作（情节）的过程为对象，而这一动作在它的情境和广泛联系上，须使人认识到它是一件与一个民族和一个时代的本身完整的世界密切相关的意义深远的事迹。所以一种民族精神的全部世界观和客观存在，经过由它本身所对象化的具体形象，即实际发生的事迹，就形成了正式史诗的内容和形式。属于这个整体的一方面是人类精神深处的宗教意识，另一方面是具体的客观实在，即政治生活、家庭生活乃至物质生活的方式，需要和满足需要的手段。"①可见，史诗所叙之动作是一个民族、一个时代影响深远之事迹。整个事迹是由内容与形式二元辩证统一而成的有机整体，其内容是民族精神之宗教意识，其形式为具体化的各种客观实在。事迹要具体表现在个别英雄人物的行动过程中。由此可以明显看到黑格尔对亚里士多德的继承与发展：两者都认为史诗是一个有机整体，但有机整体内涵不一致。亚里士多德认为史诗要形成有机整体就要戏剧化，如果安排好情节的开端、中段和结尾，运用好穿插、突转和发现等手法，史诗就像一个活的动物一样能给人快感；黑格尔认为史诗是

---

① 黑格尔.美学［M］.朱光潜，译.北京：商务印书馆，1981：107.

由内容与形式构成的有机整体，叙述一个行动过程，即以叙事为职责。史诗叙事的对象不仅是一个完整的动作过程，而且是一个民族之大事。如果亚里士多德关注怎样叙事，那么叙什么样的事是黑格尔关注焦点，也是他所谓正式史诗内涵。可见，由亚里士多德所强调的行动到黑格尔强调的事迹，实质上是史诗有机整体性内涵由史诗表层情节结构到史诗深层结构的转变和发展。

黑格尔认为正式的史诗的内容是一种原始民族精神，具有"原始整体性"。"原始"即为"原始民族精神"，一个民族的原始精神最终或成为宗教经典或变成传唱的史诗，而这两者不必为一个民族所全部拥有。"整体性"强调史诗是一种没有分裂的精神整体："正式的史诗既然第一次以诗的形式表现一个民族的朴素意识，它在本质上就属于这样的一个中间时代：一方面，一个民族已从混沌状态中醒觉过来，精神已有力量去创造自己的世界，而且能够感到自由自在地生活在这种世界里；但另一方面，凡是到后来成为固定的宗教教条或政治道德的法律都还只是些很灵活的或流动的思想信仰，民族信仰和个人信仰还未分裂，意志和情感也还未分裂。"[①]史诗处在诗的发展史的最初阶段，出现在抒情诗和戏剧之前，所以史诗是人类首次有精神能力用诗的形式表达整体的朴素的原始意识，这不是个人情感意志的自由主观抒发，而是一个民族集体精神的叙述。思想信仰、民族信仰和个人的情感和意志还都融合在一起。抒情诗和戏剧是整体精神分裂后的产物。抒情诗主要表现个人情感，戏剧则注重表现人物性格、意志和目的。

在史诗的形式上，黑格尔并没有像亚里士多德那样偏袒悲剧，反而他认为戏剧以要匆忙到达一定的目的和结果为宗旨，带有明显的社会伦理意味；而史诗情节的展开却娓娓道来："这样就便于我们在所发生的事情上流连，对事变过程中某些个别画面深入玩索，对描述的周密鲜明进行欣赏。

---

① 黑格尔.美学［M］.朱光潜，译.北京：商务印书馆，1981：109.

全部描述的进展在它的客观形象之中就是连成一片的，但是这种连贯的基础和界限却由已定的史诗题材的内在本质来定，只是不把这种基础和界限明显指出来。"①黑格尔对史诗的情节进行了美学上的辩护，"流连""玩索"和"欣赏"这些词都带有明显的审美判断，史诗的美学功能得以显现。节外生枝和联系松散并不是史诗的结构本质，史诗本身是一个有机整体。不难看出，黑格尔的史诗有机整体性的观念较之于亚里士多德有更多的美学意味。

黑格尔在其客观唯心主义美学体系内讨论和研究史诗。根据其著名的论断"美是理念的感性显现"，史诗就是原始民族精神的具体化，这一"理念"就是史诗的"原始民族精神"，是第一位的。理念否定自己而转化为具体化的客观存在，即物质世界，是第二位的。无疑，黑格尔关于史诗内容与形式的二元辩证关系是颠倒的。恩格斯对此进行了批评：辩证法在黑格尔看来应当是"思想的自我发展"，因而事物的辩证法只是思想辩证法的反光。而实际上，我们头脑中的辩证法只是自然界和人类历史中那个进行的并服从于辩证形式的现实发展的反映。②

（二）一般与个别统一

黑格尔广泛研究东西方的史诗作品，最终以荷马史诗为典范来研究史诗本质特征。他认为史诗作为一个有机整体，是一般世界背景和个别动作情节的统一。个别动作情节是从世界整体中派生出来的，一般世界背景是个别动作情节形成的基础，两者有机融合在事迹中，并在个别人物身上获得艺术生命形式。

1. 史诗世界

根据黑格尔的论述，为真正史诗情节提供背景的世界的一般要具有三

---

① 黑格尔. 美学［M］. 朱光潜，译. 北京：商务印书馆，1981：108.
② 恩格斯. 恩格斯致康拉德·施米特［M］//马克思，恩格斯. 马克思恩格斯选集：第4卷. 北京：人民出版社，2018：625.

种性质：一是原始性；二是民族性；三是战争性。

黑格尔主要从社会精神、外在事物两个方面探讨史诗世界的原始性。首先，在社会生活方面，伦理关系、家庭关系以及族群观念已经确立，是非感、正义感、道德风俗、心情和性格构成了史诗世界社会生活的基础和支柱。但普遍生效的法律条文、道德规章还没有形成，人们的行动和生活还有很大的自由。这表现在史诗人物具有明显的主观自由意识，人物凭情感和主观意志来行动。这是史诗产生的社会条件和心理条件。其次，史诗细致描述人造的简单原始的器具："并不在近代小说所喜欢描写的自然风景上浪费功夫，但是对一根手杖、一根王笏、一张床、武器、衣服、门柱之类却描绘得极细致，甚至把户枢也描绘出来。"[1]这些简陋原始的工具凝聚了那个时代人们的智慧和心血，这就是史诗作为原始艺术的一种真正内涵，没有更多深邃哲理的探析，而是一种对自我力量对象化（工具化）的欣赏、记忆和传承。

史诗的世界必须是一个表现确定的民族的独特精神的世界。独特民族精神的形成主要受自然环境和社会精神意识两个方面共同影响。自然环境因素是民族性形成的重要背景因素，但不是决定性因素，自然环境因素只有与社会精神意识具有内在联系时才能在史诗中具有价值，后代仿制的史诗就出现这两方面不统一的情况，如《尼伯龙根之歌》。民族精神主要蕴含在表现社会精神意识的家庭、宗教、战争、和平、习俗、兴趣等方面。因此，一部史诗就是一部生动的民族历史，正如黑格尔所说："如果把各民族史诗集结在一起，那就构成了一部世界历史，而且是一部把生命力、成就和功勋都表现得最优美、自由和明确的世界史。"[2]由此看来，史诗不仅是民族生活史，更是民族精神史。因此，史诗是属于一个确定的民族的。如果一部民族史诗能跨民族、跨文化、跨时代、跨地域传播和传承下去，

---

① 黑格尔.美学［M］.朱光潜，译.北京：商务印书馆，1981：120.

② 黑格尔.美学［M］.朱光潜，译.北京：商务印书馆，1981：122.

这说明该史诗具有反映人类精神的本质，但史诗必须先是民族的，然后才是世界的。

黑格尔认为战争冲突是最适宜用作史诗的题材。史诗的题材不能是偶然事件，而是关乎民族生存与发展的宏大事迹。对于一个民族来说，似乎没有什么情况能比战争更能团结全民族的人。黑格尔为此做了辩护。首先，战争中的英勇只适宜于用史诗来表达，英勇是人的本性而不是一种伦理品质。其次，异民族之间的战争才具有史诗性质，这是全民族都要参与的重大事件。第三，战争要有正当的理由，即较高原则对较低原则的胜利。"过去时代的史诗都描绘出西方对东方的胜利，也就是欧洲人的权衡力和受理性节制的个性美对亚洲的组织简陋、联系松散、貌似统一而经常濒于瓦解的那种宗法社会的耀眼浮华的胜利。"①这种论调无疑表现出黑格尔的局限性和西方中心论的色彩。这与黑格尔将真正的史诗等同英雄史诗的观念是分不开的。正如恩格斯所评价那样，要想正确认识黑格尔："更为重要的是：从不正确的形式和人为的联系中找出正确的和天才的东西。"②

2. 史诗事迹

黑格尔认为，史诗是以事迹的形式表现一个确定民族的民族精神为目的，但这个目的不能只是抽象概念，必须是抽象和具体的统一。他区分了行动和事迹，认为史诗情节是对整个事迹的叙述，而悲剧情节是对一个行动的模仿。行动主要体现人物的性格、意图、责任、见解等主观性因素；事迹既注重内在的主观性因素也注重外在的客观性因素，是主观和客观的统一。可见，环境、自然情况以及偶然事故等客观性因素对史诗情节发展起着促进或阻碍的作用，但这些客观性因素必须有存在的必然性。因此，客观性、必然性是事迹的主要特征，也是史诗的主要特征。

---

① 黑格尔.美学［M］.朱光潜，译.北京：商务印书馆，1981：130.

② 恩格斯.恩格斯致康拉德·施米特［M］//马克思，恩格斯.马克思恩格斯选集：第4卷.北京：人民出版社，2018：624.

　　史诗事迹客观性除了环境等外在性因素外，与人物也密切相关。史诗人物具有两种主要特征：强整体性和弱目的性。在人物整体性方面，史诗人物是史诗时代一个民族的一般思想和行动的代表，是许多特征的整体："如果要使史诗人物特别是主角显出客观性，他们就要本身是许多特征的整体，是完整的人，从他们身上可以看出一般心灵的各个方面，特别是全民族的已发展出来的思想和行动的方式。"①叙事是史诗的一般任务，事迹构成叙事的主要内容，人物性格的完整性就成为史诗叙事的主要任务之一。人物性格主要由人物所处的时代来确定的，英雄人物身上集中着民族的许多英雄的品质，他成为这个民族的命运代表，对这个民族负责。黑格尔依此为荷马史诗中阿喀琉斯的狂怒做了辩护：不能凭现在的道德伦理观点来责备阿喀琉斯，阿喀琉斯是全希腊精神的体现。在行动目的性方面，戏剧人物总是显示自己有力量去专心致志地实现行动目的。虽然史诗人物有行动目的和结果，但这并不是史诗叙事真正的意图，反而阻碍史诗目的实现的各种偶然事件及困难却成了史诗叙事的重点。黑格尔看到了史诗和戏剧之间人物性格的差别：戏剧人物执着于一个目的实现，而史诗人物行动的目的性较弱，侧重全民族精神的体现。

　　史诗事迹的必然性与客观性联系在一起，具有实体性的客观存在于史诗中须显现出存在的必然性，这样才能给予事迹以独特的个体形式。外在环境是史诗所力图表达的主要方面，是史诗人物的制约力量，因此，人物的结局也是必然的。黑格尔主要讨论了两种事迹形式类型：一是简朴式；二是综合式。前者指摆出事迹，诗人不操纵神，不用神去干预、决定事件的进展；综合型是诗人把人类命运和自然现象、神的决断、意旨和行动完全交织在一起。黑格尔详细分析了人和神在诗中的关系后，认为人的行动和神的行动在诗中保持各自独立的关系是最理想的事迹形式。这为他批评原始史诗和后世人工创造的史诗之间的本质区别奠定了基础，他明确地指

---

　　① 黑格尔. 美学［M］.朱光潜，译.北京：商务印书馆，1981：136.

出："荷马史诗所出自的那个文化教养阶段和题材本身处在很好的和谐状态；而维吉尔的作品里，每一行诗都令人想起诗人的观照方式和他所描绘的世界完全脱节了，其中神们尤其没有新鲜的生命。"①可见，诗人和诗人所描绘的世界之间的关系是黑格尔的关注点，看他们是否形成一个有机的必然的整体。

（三）史诗发展观

史诗是一定社会历史阶段的产物，有其自身的发展规律。由于自然环境、民族、时代等各种不同客观情况，史诗在不同民族的发展情况是不一样的。然而黑格尔把史诗纳入自己的客观唯心主义美学大厦中，从建筑、雕刻、绘画、音乐等艺术类型发展的历程来观照史诗。他把艺术发展的历程分为三个阶段：象征型、古典型和浪漫型。他认为正式史诗有三个重要发展阶段：象征型史诗、古典型史诗和浪漫型史诗，分别以东方史诗、荷马史诗和中世纪的基督教各民族的半史诗半传奇故事为代表。史诗被近代小说所取代。从黑格尔的美学体系来看，史诗本身发展的历程似乎就是艺术发展历程的浓缩，其实这是硬将史诗纳入其美学体系的必然结果。通过比较，他认为古典史诗才是真正的史诗，达到了史诗的顶峰，之前和之后的史诗都无法与之媲美。可见，黑格尔的史诗观是以书面化的荷马史诗为中心的。

他对东方史诗的论述充满偏见。其一，他认为在东方只有印度和波斯才有真正的史诗，不过都还很粗枝大叶；其二，称中国人没有民族史诗，原因是中国人散文式思维和独特的宗教观点。黑格尔的"中国人无民族史诗"的观点早已不是谈资。事实证明，中国不仅有史诗，而且藏量丰富、种类繁多。中国史诗专家仁钦道尔吉认为："我国是一个史诗蕴藏量极为丰富的国家，约有各类史诗数百部之多，它们分布于我国少数民族地区。"②

① 黑格尔.美学［M］.朱光潜，译.北京：商务印书馆，1981：144.

② 仁钦道尔吉，郎樱.中国史诗［M］.南京：江苏凤凰文艺出版社，2017：3.

中国史诗类型丰富，包括英雄史诗、创世史诗、迁徙史诗等，这极大丰富了世界史诗的种类和内涵。我国民俗学泰斗钟敬文认为："史诗，是民间叙事体长诗中一种规模比较宏大的古老作品，它用诗的语言，记述各民族有关天地形成、人类起源的传说，以及关于民族迁徙、民族战争和民族英雄的光辉业绩等重大事件，所以，它是伴随着民族的历史一起成长的，从某种意义上说，一部民族史诗，往往是该民族在特定时期一部形象化的历史。"①显然钟敬文先生不仅仅把史诗作为一种文学体裁，更把史诗看作是包含重要文化信息的民间文化载体。

根据史诗发展历程，黑格尔做出了大胆的推论：史诗由个人创作，不是集体创作。"尽管史诗所叙述的是全民族的大事，作诗者毕竟不是民族集体而是某个人。……因为诗创作是一种精神生产，而精神生产只有作为个别人的实在意识和自意识才能存在。"②史诗诗人把作为内容的民族精神具体化为史诗事迹，融合在个别人物身上，形成一个有生命的整体。不难看出，黑格尔推断的主要依据是史诗有机整体性特征和已经书面化的荷马史诗。但从目前来看，史诗个人创作论正受到挑战，史诗由民间集体创作的观念正在被普遍接受。帕里-洛德的口头程式理论证实了荷马史诗是由口头而进入书面化的，并以南斯拉夫活态传承的史诗为例，证实活态史诗是由歌手现场创编而成，每一次歌唱都不是上次的重复。因而，传承到现在的活态史诗是由不同时代众多的诗人创编而成。个人创作论是出于书面化的荷马史诗，集体创作论是出于由活态史诗，两者各自未能客观真实地反映史诗诞生、传承和发展这样复杂的过程。史诗传承至今与个人和集体都是分不开的。

---

① 钟敬文.史诗论略［M］//赵秉理.格萨尔学集成：第一卷.兰州：甘肃民族出版社，1990：586.

② 黑格尔.美学［M］.朱光潜，译.北京：商务印书馆，1981：114.

结　语

从亚里士多德和黑格尔史诗观我们可以看出西方古典史诗理论逐步形成和发展的轨迹。这些史诗理论既有揭示史诗规律的洞见，又存在一定的局限和狭隘。下面对西方史诗理论特征进行总结，以便对我国史诗的研究提供比较和参考：

第一，西方史诗理论的形成是以荷马史诗为史诗典范的。荷马史诗在当时已经是定型的书面文本。无论亚里士多德还是黑格尔，荷马史诗都是他们最重要的研究对象和立论之本。

第二，有机整体论思想是西方古典史诗理论的核心思想。这与西方古典史诗理论深受戏剧研究的影响有关，我们甚至可以称西方古典史诗理论为戏剧化史诗理论。亚里士多德在《诗学》中奠定了这一研究基调，黑格尔继承并发展了这一理论观念。

第三，史诗就是英雄史诗。这种观念源于荷马史诗所表现的英雄主义精神。民族的、战争的因素在黑格尔的史诗观中逐步成熟。不可否认，英雄史诗是史诗最主要的类型，但这与我国对史诗观念的看法不同，中国史诗还有创世史诗和迁徙史诗等类型。可见，把史诗作为一种英雄史诗研究一直是西方史诗研究的传统。

（原载于《黑龙江教育学院学报》2007年12期）

参考文献

［1］Cleanth Brooks, Robert Penn Warren. *Understanding Poetry*［M］. Beijing： Foreign Language Teaching and Research Press, 2004.

［2］Mitchell Leaska. *Granite and Rainbow*［M］. London： The Hogarth Press, 1958.

［3］鲍桑葵.美学史［M］.张今，译.北京：商务印书馆，1985.

［4］柏拉图.柏拉图全集［M］.王晓朝，译.北京：人民出版社，2003.

［5］柏拉图.文艺对话集［M］.朱光潜，译. 北京：人民文学出版社，1963.

［6］布鲁克斯·沃伦. 理解诗歌（第四版）［M］.北京：外语教学与研究出版社，2012.

［7］布瓦洛.诗的艺术［M］.任典，译.北京：人民文学出版社，1962.

［8］董晓萍. 现代民间文艺学讲演录［M］.桂林：广西师范大学出版社，2008.

［9］恩格斯. 恩格斯致康拉德·施米特［M］//马克思，恩格斯. 马克思恩格斯选集：第4卷.北京：人民出版社，2018.

［10］F.R.利维斯.伟大的传统［M］.袁伟，译.北京：三联书店，2009.

［11］戈尔丁.蝇王［M］.龚志成，译.上海：上海译文出版社，2006.

［12］歌德.歌德文集［M］.罗悌伦，译. 石家庄：河北教育出版社，1999.

［13］歌德.论文学艺术［M］.范大灿，译. 上海：上海人民出版社，2005.

［14］爱克曼.歌德谈话录［M］.朱光潜，译.北京：人民文学出版社，1978.

［15］顾祖钊，郭淑云.中西文艺理论融合的尝试［M］.北京：人民出版社，2005.

［16］贺拉斯.诗艺［M］.杨周翰，译.北京：人民文学出版社，1980.

［17］黑格尔.美学［M］.朱光潜，译.北京：商务印书馆，1981.

［18］胡有清.文艺学撷英［M］.南京：南京大学出版社，2007.

［19］华莱士·马丁.当代叙事学［M］，伍晓明，译.北京：北京大学出版社，2005.

［20］江格尔［M］.色道尔吉，译.北京：人民文学出版社，1983.

［21］杰拉德·普林斯叙述学词典［M］.徐强，译.北京：中国人民大学出版社，2013.

［22］康德.判断力批判［M］.韦卓民，译.北京：商务印书馆，1964.

［23］克林斯·布鲁克斯.形式主义批评家［A］.新批评文集［C］.赵毅衡编选.北京：中国社会出版社，1987.

［24］寇鹏程.古典、浪漫与现代——西方审美范式的演变［M］.上海：上海三联书店，2005.

［25］拉曼·塞尔登.文学批评理论：从柏拉图到现在［M］.刘象愚，陈勇国，等，译.北京：北京大学出版社，2000.

［26］雷纳·韦勒克.近代文学批评史（Ⅴ）［M］.杨自伍，译.上海：上海译文出版社，1987.

［27］雷纳·韦勒克.批评的概念［M］.张金言，译.杭州：中国美术学院出版社，1999.

［28］雷纳·韦勒克，奥斯丁·沃伦.文学理论［M］.刘象愚，邢培明，陈圣生，等，译.南京：江苏教育出版社，2005.

［29］李乃坤.伍尔夫作品精粹［M］.石家庄：河北教育出版社,1990.

［30］李泽厚.美学论集［M］.上海：上海文艺出版社，1982.

［31］刘若端.十九世纪英国诗人论诗［M］.北京：人民文学出版社，1984.

［32］M.H.艾布拉姆斯.镜与灯［M］.郦稚牛，张照进，童庆生，译.北京：北京大学出版社，2004.

［33］诺思罗普·弗莱.批评的解剖［M］.陈慧，袁宪军，吴伟仁，译.天津：百花文艺出版社，2006.

［34］普罗普.故事形态学［M］.贾放，译.北京：中华书局，2006.

［35］普罗普.神奇故事的历史根源［M］.贾放，译.北京：中华书局，2006.

［36］仁钦道尔吉.《江格尔》论［M］.呼和浩特：内蒙古大学出版社，1999.

［37］仁钦道尔吉，郎樱.中国史诗［M］.南京：江苏凤凰文艺出版社，2017.

［38］莎士比亚.莎士比亚戏剧选［M］.朱生豪，译.武汉：长江文艺出版社，2008.

［39］申丹.英美小说叙事理论研究［M］.北京：北京大学出版社，2005.

［40］索尔·克里普克.命名与必然性［M］.梅文，译.上海：上海译文出版社，2005.

［41］特雷·伊格尔顿.二十世纪西方文学理论［M］.伍晓明，译.北京：北京大学出版社，2007.

［42］王国维.人间词话［M］.北京：中国人民大学出版社，2011.

［43］伍蠡甫.西方文论选［M］.上海：上海译文出版社，1979.

［44］亚里士多德.诗学［M］.罗念生，译.北京：人民文学出版社，1962.

［45］杨冬.西方文学批评史［M］.长春：吉林教育出版社，1998.

［46］杨荫隆.西方批评家手册［M］.长春：时代文艺出版社，1985.

［47］叶隽.歌德学术史研究［M］.南京：译林出版社，2013.

［48］殷企平.英国小说批评史［M］.上海：上海外语教育出版社，2001.

［49］袁行霈，孟二冬，丁放.中国诗学通论［M］.合肥：安徽教育出版社，1996.

［50］约翰·迈尔斯·弗里.口头诗学：帕里-洛德理论［M］.朝戈金，译.北京：社会科学文献出版社，2000.

［51］张秉真，章安祺，杨慧林.西方文艺理论史［M］.北京：中国人民大学出版社，1994.

［52］张泗洋.莎士比亚大辞典［M］.北京：商务印书馆，2001.

［53］张新军.可能世界叙事学［M］.苏州：苏州大学出版社，2011.

［54］章安祺.缪灵珠美学译文集［M］.北京：中国人民大学出版社，1987.

［55］赵毅衡.广义叙述学［M］.成都：四川大学出版社，2013.

［56］郑克鲁.外国文学史［M］.北京：高等教育出版社，2006.

［57］中国社会科学院外国文学研究所编.欧美古典作家论现实主义与浪漫主义［M］.北京：中国社会科学出版社，1980.

［58］钟敬文.史诗论略［M］//赵秉理.格萨尔学集成：第一卷.兰州：甘肃民族出版社，1990.

［59］朱光潜.西方美学史［M］.北京：人民文学出版社，1979.